闻一多◎著

闻一多精品文集

Wenyiduo jingpin wenji

团结出版社

UNITY PRESS

图书在版编目（CIP）数据

闻一多精品文集／闻一多著. —北京：团结出版社，2018.1（2024.5 重印）

ISBN 978-7-5126-5495-2

Ⅰ. ①闻… Ⅱ. ①闻… Ⅲ. ①闻一多（1899-1946）—文集 Ⅳ. ①I216.2

中国版本图书馆 CIP 数据核字（2017）第 199252 号

出　　版：团结出版社

（北京市东城区东皇城根南街84号　邮编：100006）

电　　话：（010）65228880　65244790（出版社）

网　　址：http://www.tjpress.com

E-mail：zb65244790@vip.163.com

经　　销：全国新华书店

印　　装：三河市金兆印刷装订有限公司

开　　本：640mm×915mm　16开

印　　张：11

字　　数：200千字

版　　次：2018年1月　第1版

印　　次：2024年5月　第3次印刷

书　　号：978-7-5126-5495-2

定　　价：68.00元

前言/ QIANYAN

"人家说了再做，我是做了再说。""人家说了也不一定做，我是做了也不一定说。"我们对闻一多的了解首先是从这两句话开始的，想要更深入地了解这位著名的人物就要看一下他的人生履历与他所写的文章。

他原名闻家骅，清光绪二十五年十月二十二日（1899 年 11 月 24 日）生于湖北浠水县（今湖北省黄冈市浠水县）巴河镇闻家铺的一个书香家庭。

1912 年考入清华大学，喜欢读中国古代诗集、诗话、史书、笔记等。1916 年开始在《清华周刊》上发表系列读书笔记，总称《二月庐漫记》。同时创作旧体诗。1919 年五四运动时积极参加学生运动，曾代表学校出席全国学联会议。1920 年 4 月，发表第一篇白话文《旅客式的学生》。同年 9 月，发表第一首新诗《西岸》。1921 年 11 月与梁实秋等人发起成立清华文学社，次年 3 月，写成《律诗底研究》，开始系统地研究新诗格律化理论。1922 年 7 月赴美国芝加哥美术学院学习。年底出版与梁实秋合著的《冬夜草儿评论》，代表了闻一多早期对新诗的看法。1923 年出版第一部诗集《红烛》，把反帝爱国的主题和唯美主义的形式典范地结合在一起。1925 年 5 月回国后，历任国立第四中山大学（1928 年更名为中央大学）、武汉大学（任文学院首任院长并设计校徽）、国立山东大学、清华大学、西南联合大学的教授，曾任北京艺术专科学校教务长、南京第四中山大学外文系主任、武汉大学文学院长、山东大学文学院长。出版书籍《闻一多全集》。

1928 年出版第二部诗集《死水》，在颓废中表现出深沉的爱国主义激情。此后致力于古典文学的研究。对《周易》《诗经》《庄子》《楚辞》四大古籍的整理研究，后汇集成为《古典新义》，被郭沫若称为"前无古人，后无来者"。1937 年抗战开始，他在昆明西南联大任教。抗战八年中，他留了一把胡子，发誓不取得抗战的胜利不剃去，表示了抗战到底的决心。1943 年后，因目睹国民政府的腐败，于是愤然而起，积极参加反对独裁，争取民主的斗争。1945年为中国民主同盟会委员兼云南省负责人、昆明《民主周刊》社长。"一二·一"惨案发生后，他更是英勇地投身爱国民主运动，反对蒋介石的独裁统治。1946年7月15日在悼念被国民党特务暗杀的李公朴的大会上，发表了著名的《最后一次演讲》，当天下午在西仓坡宿舍门口即被国民党昆明警备司令部下级军官汤时亮和李文山枪杀。

通过他的生平我们可知他光辉的一生，而对于他思想的更深刻的了解只能通过他的文字。本书特别甄选了他有代表性的文章，让读者在领略他独具魅力的文字的同时，更能体会他及那个时代的文化名人的历史责任感，同时能引起我们深深的思索。

目录 / MULU

兽·人·鬼

　　刽子手们这次杰作，我们不忍再描述了，其残酷的程度，我们无以名之，只好名之曰兽行，或超兽行。但既已认清了是兽行，似乎也就不必再用人类的道理和它费口舌了。甚至用人类的义愤和它生气，也是多余的，反正我们要记得，人兽是不两立的，而我们也深信，最后胜利必属于人！

　　胜利的道路自然是曲折的，不过有时也实在曲折得可笑。下面的寓言正代表着目前一部分人所走的道路。

　　村子附近发现了虎，孩子们凭着一股锐气，和虎搏斗了一场，结果遭牺牲了，于是成人们之间便发生了这样一串分歧的议论：

　　——立即发动全村的人手去打虎。

　　——在打虎的方法没有布置周密时，劝孩子们暂时勿离村，以免受害。

　　——已经劝阻过了，他们不听，死了活该。

　　——咱们自己赶紧别提打虎了，免得鼓励了孩子们去冒险。

　　——虎在深山中，你不惹它，它怎么会惹你？

　　——是呀！虎本无罪，祸是喊打虎的人闯的。

　　——虎是越打越凶的，谁愿意打谁打好了，反正我是不去的。

　　议论发展下去是没完的，而且有的离奇到不可想象。当然这里只限于人——善良的人的议论。至于那"为虎作伥"的鬼的想法，就不必去揣测了。但愿世上真没有鬼，然而我真担心，人既是这样的善良，万一有鬼，是多么容易受愚弄啊！

原载三十四年十二月九日三版《时代评论》第六期

七子之歌

邶^①有七子之母不安^②其室^③。七子自怨自艾,冀^④以回^⑤其母心。诗人作《凯风》以愍^⑥之。

吾国自尼布楚条约迄^⑦旅大之租让,先后丧失之土地,失养于祖国,受虐^⑧于异类,臆^⑨其悲哀之情,盖^⑩有甚于《凯风》之七子,因择其与中华关系最亲切者七地,为作歌各一章,以抒其孤苦亡告,眷^⑪怀祖国之哀忱^⑫,亦以励国人之奋兴云尔^⑬。

国疆崩丧,积日既久,国人视之漠然^⑭。

---

① 中国周代诸侯国名,在今河南省汤阴县东南。

② 使平静,使稳定。

③ 家,家族。

④ 希望。

⑤ 回报。

⑥ 怜悯;哀怜。

⑦ 到,至。

⑧ 侵害;残害。

⑨ 感怀、感念。

⑩ 大约。

⑪ 思慕,眷恋。

⑫ 真诚的心意。

⑬ 无实在意义。

⑭ 冷淡,不关心。

不见夫法兰西之 Alsace-Lorraine 耶 ①？

"精诚所至，金石能开"。

诚如斯 ②，中华"七子"之归来其在旦夕 ③ 乎 ④？

澳门

你可知"妈港"不是我的真名姓？

我离开你的襁褓太久了，母亲！

但是他们掳去的是我的肉体，

你依然保管着我内心的灵魂。

三百年来梦寐不忘的生母啊！

请叫儿的乳名，叫我一声"澳门"！

母亲！我要回来，母亲！

香港

我好比凤阙阶前守夜的黄豹，

母亲呀，我身分虽微，地位险要。

如今狞恶的海狮扑在我身上，

啖着我的骨肉，咽着我的脂膏；

母亲呀，我哭泣号啕，呼你不应。

母亲呀，快让我躲入你的怀抱！

母亲！我要回来，母亲！

---

① 相当于"呢"或"吗"。

② 诚，确实。斯，这样。

③ 旦，早晨。夕，傍晚，引申为迟早。

④ 相当于"呢"或"吗"。

台湾

我们是东海捧出的珍珠一串，
琉球是我的群弟，我就是台湾。
我胸中还氲氤着郑氏的英魂，
精忠的赤血点染了我的家传。
母亲，酷炎的夏日要晒死我了；
赐我个号令，我还能背城一战。
母亲！我要回来，母亲！

威海卫

再让我看守着中华最古的海，
这边岸上原有圣人的丘陵在。
母亲，莫忘了我是防海的健将，
我有一座刘公岛作我的盾牌。
快救我回来呀，时期已经到了。
我背后葬的尽是圣人的遗骸！
母亲！我要回来，母亲！

广州湾

东海和广州是我的一双管钥，
我是神州后门上的一把铁锁。
你为什么把我借给一个盗贼？
母亲呀，你千万不该抛弃了我！
母亲，让我快回到你的膝前来，
我要紧紧地拥抱着你的脚踝。
母亲！我要回来，母亲！

九龙

我的胞兄香港在诉他的苦痛，
母亲呀，可记得你的幼女九龙？
自从我下嫁给那镇海的魔王，
我何曾有一天不在泪涛汹涌！
母亲，我天天数着归宁的吉日，
我只怕希望要变作一场空梦。
母亲！我要回来，母亲！

旅顺，大连

我们是旅顺、大连，孪生的兄弟。
我们的命运应该如何的比拟？
两个强邻将我来回的蹂躏，
我们是暴徒脚下的两团烂泥。
母亲，归期到了，快领我们回来。
你不知道儿们如何的想念你！
母亲！我们要回来，母亲！

文艺与爱国

——纪念三月十八

  铁狮子胡同大流血之后《诗刊》就诞生了，本是碰巧的事，但是谁能说《诗刊》与流血——文艺与爱国运动之间没有密切的关系？

  "爱国精神在文学里，"我让德林克瓦特讲，"可以说是与四季之无穷感兴，与美的逝灭，与死的逼近，与对妇人的爱，是一种同等重要的题目。"爱国精神之表现于中外文学里已经是层出不穷，数不胜数。爱国运动能够和文学复兴互为因果，我只举最近的一个榜样——爱尔兰，便是明确的证据。

  我们的爱国运动和新文学运动何尝不是同时发轫的？他们原来是一种精神的两种表现。在表现上两种运动一向是分道扬镳的。我们也可以说正因为他们没有携手，所以爱国运动的收效既不大，新文学运动的成绩也就有限了。

  爱尔兰的前例和我们自己的事实已经告诉我们了：这两种运动合起来便能够互收效益，分开来定要两败俱伤。所以《诗刊》的诞生刚刚在铁狮子胡同大流血之后，本是碰巧的；我却希望大家当他不是碰巧的。我希望爱自由，爱正义，爱理想的热血要流在天安门，流在铁狮子胡同，但是也要流在笔尖，流在纸上。

  同是一个热烈的情怀，犀利的感觉，见了一片红叶掉下地来，便要百感交集，"泪浪滔滔"，见了十三龄童的赤血在地下踩成泥浆子，反而漠然无动于衷。这是不是不近人情？我并不要诗人替人道主义同一切的什么主义捧场。因为讲到主义便是成见了。理性铸成的成见是艺术的致命伤；诗人应该能超脱这一点。诗人应该是一张留声机的片子。钢针一碰着他就响。他自己不能决定什么时候响，什么时候不响。他完全是被动的。他是不能自主，不能自救的。诗人做到了这个地步，便包罗万有，与宇宙契合了。换句话说，就是所谓伟大的同情心——艺术的真源。

并且同情心发达到极点，刺激来得强，反动也来得强，也许有时仅仅一点文字上的表现还不够，那便非现身说法不可了。所以陆游一个七十衰翁要"泪洒龙床请北征"，拜伦要战死在疆场上了。所以拜伦最完美，最伟大的一首诗，也便是这一死。所以我们觉得诸志士们三月十八日的死难不仅是爱国，而且是伟大的诗，我们若得着死难者的热情的一部分，便可以在文艺上大成功；若得着死难者的热情的全部，便可以追他们的踪迹，杀身成仁了。

因此我们就将《诗刊》开幕的一日最虔诚的献给这次死难的志士们了！

原载《北平晨报·副刊》 十五年四月一日

人民的诗人——屈原

古今没有第二个诗人像屈原那样曾经被人民热爱的。我说"曾经",因为今天过着端午节的中国人民,知道屈原这样一个人的实在太少,而知道《离骚》这篇文章的更有限。但这并不妨碍屈原是一个人民的诗人。我们也不否认端午这个节日,远在屈原出世以前,已经存在,而它变为屈原的纪念日,又远在屈原死去以后。也许正因如此,才足以证明屈原是一个真正的人民诗人。惟其端午是一个古老的节日,"和中国人民同样的古老",足见它和中国人民的生活如何不可分离,惟其中国人民愿意把他们这样一个重要的节日转让给屈原,足见屈原的人格,在他们生活中,起着如何重大的作用。也惟其远在屈原死后,中国人民还要把他的名字,嵌进一个原来与他无关的节日里,才足见人民的生活里,是如何的不能缺少他。端午是一个人民的节日,屈原与端午的结合,便证明了过去屈原是与人民结合着的,也保证了未来屈原与人民还要永远结合着。

是什么使得屈原成为人民的屈原呢?

第一,说来奇怪,屈原是楚王的同姓,却不是一个贵族。战国是一个封建阶级大大混乱的时期,在这混乱中,屈原从封建贵族阶级,早被打落下来,变成一个作为宫廷弄臣的卑贱的伶官,所以,官爵尽管很高,生活尽管和王公们很贴近,他,屈原,依然和人民一样,是在王公们脚下被践踏着的一个。这样,首先在身分上,屈原是属于广大人民群众的。

第二,屈原最主要的作品——《离骚》的形式,是人民的艺术形式,"一篇题材和秦始皇命博士所唱的《仙真人诗》一样的歌舞剧"。虽则它可能是在宫廷中演出的。至于他的次要的作品——《九歌》，是民歌，那更是明显，而为历来多数的评论家所公认的。

第三，在内容上，《离骚》"怨恨怀王，讥刺椒兰"，无情地暴露了统治阶层的罪行，严正地宣判了他们的罪状，这对于当时那在水深火热中敢怒而不敢言的人民，是一个安慰，也是一个兴奋。用人民的形式，喊出了人民的愤怒，《离骚》的成功不仅是艺术的，而且是政治的，不，它的政治的成功，甚至超过了艺术的成功，因为人民是最富于正义感的。

但，第四，最使屈原成为人民热爱与崇敬的对象的，是他的"行义"，不是他的"文采"。如果对于当时那在暴风雨前窒息得奄奄待毙的楚国人民，屈原的《离骚》唤醒了他们的反抗情绪，那么，屈原的死，更把那反抗情绪提高到爆炸的边沿，只等秦国的大军一来，就用那溃退和叛变的方式，来向他们万恶的统治者，实行报复性的反击（楚亡于农民革命，不亡于秦兵，而楚国农民的革命性的优良传统，在此后陈胜吴广对秦政府的那一著上，表现得尤其清楚）。历史决定了暴风雨的时代必然要来到，屈原一再地给这时代执行了"催生"的任务，屈原的言，行，无一不是与人民相配合的，虽则也许是不自觉的。有人说他的死是"匹夫匹妇自经于沟壑"，对极了，匹夫匹妇的作风，不正是人民革命的方式吗？

以上各条件，若缺少了一件，便不能成为真正的人民诗人。尽管陶渊明歌颂过农村，农民不要他，李太白歌颂过酒肆，小市民不要他，因为他们既不属于人民，也不是为着人民的。杜甫是真心为着人民的，然而人民听不懂他的话。屈原虽没写人民的生活，诉人民的痛苦，然而实质的等于领导了一次人民革命，替人民报了一次仇。屈原是中国历史上惟一有充分条件称为人民诗人的人。

龙凤

前些时接到一个新兴刊物负责人一封征稿的信，最使我发生兴味的是那刊物的新颖命名——"龙凤"，虽则照那篇《缘起》看，聪明的主编者自己似乎并未了解这两字中丰富而深邃的含义。无疑的他是被这两个字的奇异的光艳所吸引，他迷惑于那蛇皮的夺目的色彩，却没理会蛇齿中埋伏着的毒素，他全然不知道在玩弄色彩时，自己是在与毒素同谋。

就最早的意义说，龙与凤代表着我们古代民族中最基本的两个单元——夏民族与殷民族，因为在"鲧死，……化为黄龙，是用出禹"和"天命玄鸟（即凤），降而生商"两个神话中，我们依稀看出，龙是原始夏人的图腾，凤是原始殷人的图腾（我说原始夏人和原始殷人，因为历史上夏殷两个朝代，已经离开图腾文化时期很远，而所谓图腾者，乃是远在夏代和殷代以前的夏人和殷人的一种制度兼信仰），因之把龙凤当作我们民族发祥和文化肇端的象征，可说是再恰当没有了。若有人愿意专就这点着眼，而想借"龙凤"二字来提高民族意识和情绪，那倒无可厚非。可惜这层历史社会学的意义在一般中国人心目中并不存在，而"龙凤"给一般人所引起的联想则分明是另一种东西。

图腾式的民族社会早已变成了国家，而封建王国又早已变成了大一统的帝国，这时一个图腾生物已经不是全体族员的共同祖先，而只是最高统治者一姓的祖先，所以我们记忆中的龙凤，只是帝王与后妃的符瑞，和他们及她们宫室舆服的装饰"母题"，一言以蔽之，它们只是"帝德"与"天威"的标记。有了一姓，便对应地产生了百姓，一姓的尊荣，便天然地决定了百姓的苦难。你记得复辟与龙旗的不可分离性，你便会原谅我看见"龙凤"二字而不禁怵目惊心的苦衷了。我是不同意于"天王圣明，臣罪当诛"的。

《缘起》中也提到过"龙凤"二字在文化思想方面的象征意义，他指出了文献中以龙比老子的故事，却忘了一副天生巧对的下联，那便是以凤比孔子的故事。可巧故事都见于《庄子》一书。《天运篇》说孔子见过老聃后，发呆了三天说不出话，弟子们问他给"老聃"讲了些什么，他说："吾乃今于是乎见龙——龙合而成体，散而成章，乘云气而养（翔）乎阴阳，予口张而不能嗋，舌举而不能讯，予又何规老聃哉！"这是常用的典故（也就是许多姓李的楹联中所谓"犹龙世泽"的来历）。至于以凤比孔子的典故，也近在眼前，不知为什么从未成为词章家"獭祭"的资料，孔子到了楚国，著名的疯子接舆所唱的那充满讽刺性的歌儿——

> 凤兮凤兮！何如（汝）德之衰也？来世不可待？往世不可追也！……

不但见于《庄子》（《人间世篇》），还见于《论语》（《微子篇》）。是以前读死书的人不大认识字，不知道"如"是"汝"的假借，因而没弄清话中的意思吗？可是《汉石经》《论语》"如"作"而"，"而"字本也训"汝"，那么歌辞的喻意，至少汉人是懂得。另一个也许更有趣的以凤比孔子的出典，见于唐宋《类书》所引的一段《庄子》佚文：

> 老子见孔子从弟子五人，问曰："前为谁？"对曰："子路，勇且力。其次子贡为智，曾予为孝，颜回为仁，子张为武。"老子叹曰："吾闻南方有鸟，其名为凤……凤鸟之文，戴圣婴仁，右智左贤，……"

这里以凤比孔子，似乎更明显。尤其有趣的是，那次孔子称老子为龙，这次是老子回敬孔子，比他作凤，龙凤是天生的一对，孔老也是天生的一对，而话又出自彼此的口中，典则同见于《庄子》。你说这天生巧对是庄子巧思的创造，意匠的游戏——又是他老先生的"谬悠之说，荒唐之言，无端崖之辞"吗？也不尽然。前面说过原始殷人是以凤为图腾的，而孔子是殷人之后，我们尤其熟悉。老子是楚人，向来无异词，楚是祝融六姓中芈姓季连之后，而祝融，据近人的说法，就是那"人面龙身而无足"的烛龙，然则原始楚人也当是一个龙图腾的族团。以老子为龙，孔子为凤，可能是庄子的寓言，但寓言的产生也该有着一种素地，民俗学的素地（这可以《庄子》书中许多其他的寓言为证）。其实凤是殷人的象征，孔子是殷人的后裔，呼孔子为凤，无异称他为殷人。龙是夏人的，也是楚人的象征，说老子是龙，等于说他是楚人，或夏人的本家。中国最古的民族单元不外夏殷，最典型中国式而最有支配势力的思想家莫如孔老，刊物命名为"龙凤"，不仅象征了民族，也象征了最能代表民族气质的思想家，这从某种观点看，不能不说是中国有刊物以来最漂亮的名字了！

然而，还是庄子的道理，"腐臭复化为神奇，神奇复化为腐臭"，——从另一种观点看，最漂亮的说不定也就是最丑恶的。我们在上文说过，图腾式的民族社会早已变成了国家，而封建的王国又早已变成了大一统的帝国，在我们今天的记忆中，龙凤只是"帝德"与"天威"的标记而已，现在从这角度来打量孔老，恕我只能看见一位"申申如也，夭夭如也"而谄上骄下的司寇，和一位以"大巧若拙"的手段"助纣为虐"的柱下史（五千言本也是"君人南面之术"）。有时两个身影叠成一个，便又幻出忽而"内老外儒"，忽而"外老内儒"，种种的奇形怪状。要晓得这条"见首不见尾"的阴谋家——龙，这只"戴圣婴仁"的伪君子——凤，或二者的混合体，和那象征着"帝德"、"天威"的龙凤，是不可须臾离的。有了主子，就用得着奴才，有了奴才，也必然会捧出一个主子，帝王与士大夫是相依为命的。主子的淫威和奴才的恶毒——暴发户与破落户双重势力的结合，压得人民半死不活。三千年惨痛的记忆，教我们面对这意味深长的"龙凤"二字，怎能不怵目惊心呢！

事实上，生物界只有穷凶极恶而诡计多端的蛇，和受人豢养，替人帮闲，而终不免被人宰割的鸡，哪有什么龙和凤呢？科学来了，神话该退位了。办刊物的人也得当心，再不得要让"死的拉住活的"了！

要不然，万一非给这民族选定一个象征性的生物不可，那就还是狮子罢，我说还是那能够怒吼的狮子罢，如果它不再太贪睡的话。

说舞

一场原始的罗曼司

假想我们是在参加着澳洲风行的一种科罗泼利（Corro Borry）舞。

灌木林中一块清理过的地面上，中间烧着野火，在满月的清辉下吐着熊熊的赤焰。现在舞人们还隐身在黑暗的丛林中从事化装。野火的那边，聚集着一群充当乐队的妇女。忽然林中发出一种坼裂声，紧跟着一阵沙沙的磨擦声——舞人们上场了。闯入火光圈里来的是三十个男子，一个个脸上涂着白垩，两眼描着圈环，身上和四肢画着些长的条纹。此外，脚踝上还系着成束的树叶，腰间围着兽皮裙。这时那些妇女已经面对面排成一个马蹄形。她们完全是裸着的。每人在两膝间绷着一块整齐的袋鼠皮。舞师呢，他站在女人们和野火之间，穿的是通常的袋鼠皮围裙，两手各执一棒。观众或立或坐的围成一个圆圈。

舞师把舞人们巡视过一遭之后，就回身走向那些妇女们。突然他的棒子一拍，舞人们就闪电般地排成一行，走上前来。塞上他再视察一番，停了停等行列完全就绪了，就发出信号来，跟着他的木棒的拍子，舞人们的脚步移动了，妇女们也敲着袋鼠皮唱起歌来。这样，一场科罗泼利便开始了。

拍子愈打愈紧，舞人的动作也愈敏捷，愈活泼，时时扭动全身，纵得很高，最后一齐发出一种尖锐的叫声，突然隐入灌木林中去了。场上空了一会儿。等舞师重新发出信号，舞人们又再度出现了。这次除舞队排成弧形外，一切和从前一样。妇女们出来时，一面打着拍子，一面更大声地唱，唱到几乎嗓子都要裂了，于是声音又低下来，低到几乎听不见声音。歌舞的尾声和第一折相仿佛。第三、四、五折又大同小异地表演过了。但有一次舞队是分成四行的，第一行退到一边，让后面几行向前迈进，到达妇人们面前，变作一个由身体四肢交锁成的不可解的结，可是各人手中的棒子依然在飞舞着。你直害怕他们会打破彼此的头。但是你放心，他们的动作无一不遵守着严格的规律，决不会出什么岔子的。这时情绪真紧张到极点，舞人们在自己的噪呼声中，不要命地顿着脚跳跃，妇女们也发狂似的打着拍子引吭高歌。响应着他们的热狂的，是那高烛云空的火光，急雨点似的劈拍地喷射着火光。最后舞师两臂高举，一阵震耳的掌声，舞人们退场了，妇女和观众也都一哄而散，抛下一片清冷的月光，照着野火的余烬渐渐熄灭了。

这就是一场澳洲的科罗泼利舞，但也可以代表各地域各时代任何性质的原始舞，因为它们的目的总不外乎下列这四点：（一）以综合性的形态动员生命，（二）以律动性的本质表现生命，（三）以实用性的意义强调生命，（四）以社会性的功能保障生命。

综合性的形态

舞是生命情调最直接，最实质，最强烈，最尖锐，最单纯而又最充足的表现。生命的机能是动，而舞便是节奏的动，或更准确点，有节奏的移易地点的动，所以它一直是生命机能的表演。但只有在原始舞里才看得出舞的真面目，因为它是真正全体生命机能的总动员，它是一切艺术中最大综合性的艺术。它包有乐与诗歌，那是不用说的。它还有造型艺术，舞人的身体是活动的雕刻，身上的文饰是图案，这也都显而易见。所当注意的是，画家所想尽方法而不能圆满解决的光的效果，这里藉野火的照明，却轻轻地抓住了。而野火不但给了舞光，还给了它热，这触觉的刺激更超出了任何其他艺术部门的性能。最后，原始人在舞的艺术中最奇特的创造，是那月夜丛林的背景对于舞场的一种镜框作用。由于框外的静与暗，和框内的动与明，发生着对照作用，使框内一团声音光色的活动情绪更为集中，效果更为强烈，藉以刺激他们自己对于时间（动静）和空间（明暗）的警觉性，也便加强了自己生命的实在性。原始舞看来简单，唯其简单，所以能包含无限的复杂。

律动性的本质

上文说舞是节奏的动，实则节奏与动，并非二事。世间决没有动而不成节奏的，如果没有节奏，我们便无从判明那是动。通常所谓"节奏"是一种节度整齐的动，节度不整齐的，我们只称之为"动"，或乱动，因此动与节奏的差别，实际只是动时节奏性强弱的程度上的差别。而并非两种性质根本不同的东西。上文已说过，生命的机能是动，而舞是有节奏的移易地点的动，所以也就是生命机能的表演。现在我们更可以明白，所谓表演与非表演，其间也只有程度的差别而已。一方面生命情绪的过度紧张，过度兴奋，以至成为一种压迫，我们需要一种更强烈，更集中的动，来宣泄它，和缓它。一方面紧张兴奋的情绪，是一种压迫，也是一种愉快，所以我们也需要在更强烈，更集中的动中来享受它。常常有人讲，节奏的作用是在减少动的疲乏。诚然。但须知那减少疲乏的动机，是积极而非消极的，而节奏的作用是调整而非限制。因为由紧张的情绪发出的动是快乐，是可珍惜的，所以要用节奏来调整它，使它延长，而不致在乱动中轻轻浪费掉。甚至这看法还是文明人的主观，态度还不够积极。节奏是为减轻疲乏的吗？如果疲乏是讨厌的，要不得的，不如干脆放弃它。放弃疲乏并不是难事，在那月夜，如果怕疲乏，躺在草地上对月亮发愣，不就完了吗？如果原始人真怕疲乏，就干脆没有舞那一套，因为无论怎样加以调整，最后疲乏总归是要来到的，不，他们的目的是在追求疲乏，而舞（节奏的动）是达到那目的最好的通路。一位著者形容新南威尔斯土人的舞说："……鼓声渐渐紧了，动作也渐渐快了。直至达到一种如闪电的速度。有时全体一跳跳到半空，当他们脚尖再触到地面时，那分开着的两腿上的肉腓，颤动得直使那白垩的条纹，看去好像蠕动的长蛇，同时一阵强烈的嘶一声充满空中（那是他们的喘息声）。"非洲布须曼人的摩科马舞（Mokoma）更是我们不能想象的。"舞者跳到十分疲劳，浑身淌着大汗，口里还发出千万种叫声，身体做着各种困难的动作，以至一个一个地，跌倒在地上，浴在源源而出的鼻血泊中。因此他们便叫这种舞作'摩科马'，意即血的舞。"总之，原始舞是一种剧烈的，紧张的，疲劳性的动，因为只有这样他们才体会到最高限度的生命情调。

实用性的意义

西方学者每分舞为模拟式的与操练式的二种，这又是文明人的主观看法。二者在形式上既无明确的界线，在意义上尤其相同。所谓模拟舞者，其目的，并不如一般人猜想的，在模拟的技巧本身，而是在模拟中所得的那逼真的情绪。他们甚至不是在不得已的心情下以假代真，或在客观的真不可能时，乃以主观的真权当客观的真。他们所求的只是那能加强他们的生命感的一种提炼的集中的生活经验——一杯能使他们陶醉的醇醴而酷烈的酒。只要能陶醉，那酒是真是假，倒不必计较，何况真与假，或主观与客观，对他们本没有多大区别呢！他们不因舞中的"假"而从事于舞，正如他们不以巫术中的"假"而从事巫术。反之，正因他们相信那是真，才肯那样做，那样认真地做（儿童的游戏亦复如此）。既然因日常生活经验不够提炼与集中，才要借艺术中的生活经验——舞来获得一醉，那么模拟日常生活经验，就模拟了它的不提炼与集中，模拟得愈像，便愈不提炼，愈不集中，所以最彻底的方法，是连模拟也放弃了，而仅剩下一种抽象的节奏的动，这种舞与其称为操练舞，不如称为"纯舞"，也许还比较接近原始心理的真相。一方面，在高度的律动中，舞者自身得到一种生命的真实感（一种觉得自己是活着的感觉），那是一种满足。另一方面，观者从感染作用，也得到同样的生命的真实感，那也是一种满足，舞的实用意义便在这里。

社会性的功能

或由本身的直接经验（舞者），或者感染式的间接经验（观者），因而得到一种觉着自己是活着的感觉，这虽是一种满足，但还不算满足的极致。最高的满足，是感到自己和大家一同活着，各人以彼此的"活"互相印证，互相支持，使各人自己的"活"更加真实，更加稳固，这样满足才是完整的，绝对的。这群体生活的大和谐的意义，便是舞的社会功能的最高意义，由和谐的意识而发生一种团结与秩序的作用，便是舞的社会功能的次一等的意义。

关于这点，高罗斯（Ernest Groose）讲得最好："在跳舞的白热中，许多参与者都混成一体，好像是被一种感情所激动而动作的单一体。在跳舞期间，他们是在完全统一的社会态度之下，舞群的感觉和动作正像一个单一的有机体。原始跳舞的社会意义全在乎统一社会的感应力。他们领导并训练一群人，使他们在一种动机，一种感情之下，为一种目的而活动（在他们组织散漫和不安定的生活状态中，他们的行为常被各个不同的需要和欲望所驱使）。它至少乘机介绍了秩序和团结给这狩猎民族的散漫无定的生活中，除战争外，恐怕跳舞对于原始部落的人，是惟一的使他们觉着休戚相关的时机。它也是对于战争最好的准备之一，因为操练式的跳舞有许多地方相当于我们的军事训练。在人类文化发展上，过分估计原始跳舞的重要性，是一件困难的事。一切高级文化，是以各个社会成分的一致有秩序的合作为基础的，而原始人类却以跳舞训练这种合作"。舞的第三种社会功能更为实际。上文说过，主观的真与客观的真，在原始人类意识中没有明确的分野。在感情极度紧张时，二者尤易混淆，所以原始舞往往弄假成真，因而发生不少的暴行。正因假的能发生真的后果，所以他们常常因假的作为勾引真的媒介。许多关于原始人类战争的记载，都说是以跳舞开场的，而在我国古代，武王伐纣前夕的歌舞，即所谓"武宿夜"者，也是一个例证。

文学的历史动向

　　人类在进化的途程中蹒跚了多少万年，忽然这对近世文明影响最大最深的四个古老民族——中国、印度、以色列、希腊——都在差不多同时猛抬头，迈开了大步。约当纪元前一千年左右，在这四个国度里，人们都歌唱起来，并将他们的歌纪录在文字里，给流传到后代。在中国，《三百篇》里最古部分——《周颂》和《大雅》，印度的《黎俱吠陀》(Rig-Veda,)《旧约》里最早的《希伯来诗篇》，希腊的《伊利亚特》(Iliad)和《奥德赛》(Odyssey)——都约略同时产生。再过几百年，在四处思想都醒觉了，跟着比较可靠的历史记载的出现，从此，四个文化，在悠久的年代里，起先是沿着各自的路线，分途发展，不相闻问，然后，慢慢地随着文化势力的扩张，一个个地胳臂碰上了胳臂，于是吃惊，点头，招手，交谈，日子久了，也就交换了观念思想与习惯。最后，四个文化慢慢地都起着变化，互相吸收，融合，以至总有那么一天，四个的个别性渐渐消失，于是文化只有一个世界的文化。这是人类历史发展的必然路线，谁都不能改变，也不必改变。

　　上文说过，四个文化猛进的开端都表现在文学上，四个国度里同时迸出歌声。但那歌的性质并非一致的。印度、希腊，是在歌中讲着故事，他们那歌是比较近乎小说戏剧性质的，而且篇幅都很长，而中国、以色列则都唱着以人生与宗教为主题的较短的抒情诗。中国与以色列许是偶同，印度与希腊都是雅利安种人，说着同一系统的语言，他们唱着性质比较类似的歌，倒也不足怪。

　　中国，和其余那三个民族一样，在他开宗第一声歌里，便预告了他以后数千年间文学发展的路线。《三百篇》的时代，确乎是一个伟大的时代，我们的文化大体上是从这一刚开端的时期就定型了。文化定型了，文学也定型了，从此以后两千年间，诗——抒情诗，始终是我们文学的正统的类型，甚至除散文外，它是惟一的类型，赋、词、曲，是诗的支流，一部分散文，如赠序、碑志等，是诗的副产品，而小说和戏剧又往往以各自不同的方式夹杂些诗。诗，不但支配了整个文学领域，还影响了造型艺术，它同化了绘画，又装饰了建筑（如楹联、春帖等）和许多工艺美术品。

　　诗似乎也没有在第二个国度里，像它在这里发挥过的那样大的社会功能。在我们这里，一出世，它就是宗教，是政治，是教育，是社交，它是全面的生活。维系封建精神的是礼乐，阐发礼乐意义的是诗，所以诗支持了那整个封建时代的文化。此后，在不变的主流中，文化随着时代的进行，在细节上曾多少发生过一些不同的花样。诗，它一面对主流尽着传统的呵护的职责，一方面仍给那些新花样忠心的服务。最显著的例是唐朝。那是一个诗最发达的时期，也是诗与生活拉拢得最紧的一个时期。

　　从西周到春秋中期，从建安到盛唐，这中国文学史上两个最光荣的时期，都是诗的时期。两个时期各个拖着一条姿势稍异，但同样灿烂的尾巴，前者是《楚辞》《汉赋》，后者是五代宋词，而这辞赋与词还是诗的支流。然则从西周到宋，我们这大半部文学史，实质上只是一部诗史。但是诗的发展到北宋实际也就完了。南宋的词已经是强弩之末。就诗本身说，连尤、杨、范、陆和稍后的元遗山似乎都是多余的，重复的，以后的更不必提了。我们只觉得明清两代关于诗的那许多运动和争论都是无味的挣扎。每一度挣扎的失败，无非重新证实一遍那挣扎的徒劳无益而已。本来从西周唱到北宋，足足两千年的工夫也够长的了，可能的调子都已唱完了。到此，中国文学史可能不必再写，假如不是两种外来的文艺形式——小说与戏剧，早在旁边静候着，准备届时上前来"接力"。是的，中国文学史的路线南宋起便转向了，从此以后是小说戏剧的时代。

　　故事与雏形的歌舞剧，以前在中国本土不是没有，但从未发展成为文学的部门。对于讲故事，听故事，我们似乎一向就不大热心。不是教诲的寓言，就是纪实的历史，我们从未养成单纯的为故事而讲故事、听故事的兴趣。我们至少可说，是那充满故事兴味的佛典之翻译与宣讲，唤醒了本土的故事兴趣的萌芽，使它与那较进步的外来形式相结合，而产生了我们的小说与戏剧。故事本是民间的产物，不用讳言，它的本质是低级的（便在小说戏剧里，过多的故事成分不也当悬为戒条吗？）。正如从故事发展出来的小说戏剧，其本质是平民的，诗的本质是贵族的，要晓得它们之间距离很大，而距离是会孕育恨的。所以我们的文学传统既是诗，就不但是非小说戏剧的，而且推到极端，可能还是反小说戏剧的。若非宗教势力带进来那点新鲜刺激，而且自己的歌实在也唱到无可再唱的了，我们可能还继续产生些《韩非·说储》，或《燕丹子》一类的故事和《九歌》一类的雏形歌舞剧，但是，元剧和章回小说决不会有。然而本土形式的花开到极盛，必归于衰谢，那是一切生命的规律，而两个文化波轮由扩大而接触而交织，以致新的异国形式必然要闯进来，也是早经历史命运注定了的。异国形式也许早就来到了，早到起码是汉朝佛教初输入的时候，你可以在几百年中不注意它，等到注意了之后，还可以延宕，踌躇个又一度几百年；直到最后，万不得已的，这才死心塌地，接受了吧！但那只是迟早问题。反正自己的花无法再开，那命数你得承认。新的种子从外面来到，给你一个再生的机会，那是你的福分。你有勇气接受它，是你的聪明，肯细心培植它，是有出息，结果居然开出很不寒伧的花朵来，更足以使你自豪！

第一度外来影响刚刚扎根，现在又来了第二度的。第一度佛教带来的印度影响是小说戏剧，第二度基督教带来的欧洲影响又是小说戏剧（小说戏剧是欧洲文学的主干，至少是特色），你说这是碰巧吗？

不然。欧洲文化正如它的鼻祖希腊文化一样，和印度文化往大处看，还不是一家？这样说来，在这两度异乡文化东渐的阵容中，印度不过是欧洲的头，欧洲是印度的尾而已。就文化接触的全盘局势来看，头已进来，尾的迟早必需来到，应该也是早已料到的事。第一度外来影响，已经由扎根而开花了，但还不算开到最茂盛的地步，而本土的旧形式，自从枯萎后，还不见再荣的迹象，也实在没有再荣的理由。现在第二度外来影响，又与第一度同一种类，毫无问题，未来的中国文学还要继续那些伟大的元明清人的方向，在小说戏剧的园地上发展。待写的一页文学史，必然又是一段小说戏剧史，而且较向前的一段，更为热闹，更为充实。

但在这新时代的文学动向中，最值得揣摩的，是新诗的前途。你说，旧诗的生命诚然早已结束，但新诗——这几乎是完全重新再做起的新诗，也没有生命吗？对了，除非它真能放弃传统意识，完全洗心革面，重新做起。但那差不多等于说，要把诗做得不像诗了。也对。说得更确点，不像诗，而像小说戏剧，至少让它多像点小说戏剧，少像点诗。太多"诗"的诗，和所谓"纯诗"者，将来恐怕只能以一种类似解嘲与抱歉的姿态，为极少数人存在着。在一个小说戏剧的时代，诗得尽量采取小说戏剧的态度，利用小说戏剧的技巧，才能获得广大的读众。这样做法并不是不可能的。在历史上多少人已经做过，只是不大彻底罢了。新诗所用的语言更是向小说戏剧跨近了一大步，这是新诗之所以为"新"的第一个也是最主要的理由。其他在态度上，在技术上的种种进一步的试验，也正在进行着。请放心，历史上常常有人把诗写得不像诗，如阮籍、陈子昂、孟郊，如华茨渥斯（Words'worth）、惠特曼（Whitmen），而转瞬间便是最真实的诗了。诗这东西的长处就在它有无限度的弹性，变得出无穷的花样，装得进无限的内容。只有固执与狭隘才是诗的致命伤，纵没有时代的威胁，它也难立足。

每一时代有一时代的主潮，小的波澜总得跟着主潮的方向推进，跟不上的只好留在港汊里干死完事。战国秦汉时代的主潮是散文。一部分诗服从了时代的意志，散文化了，便成就了《楚辞》和初期的《汉赋》，成就了《铙歌》，这些都是那时代的光荣。另一部分诗，如《郊祀歌》、《安世房中歌》、韦孟《讽谏诗》之类，跟不上潮流，便成了港汊中的泥淖。

明代的主潮是小说，《先妣事略》、《寒花葬志》和《顷脊轩记》的作者归有光，采取了小说的以寻常人物的日常生活为描写对象的态度和刻画景物的技巧，总算是黏上了点时代潮流的边儿（他自己以为是读《史记》读来了的，那是自欺欺人的话），所以是散文家中欧公以来惟一顶天立地的人物。其他同时代的散文家，依照各人小说化的程度的比例，也多多少少有些成就，至于那般诗人们只忙于复古，没有理会时代，无疑那将被未来的时代忘掉。以上两个历史的教训，是值得我们的新诗人书绅的。

四个文化同时出发，三个文化都转了手，有的转给近亲，有的转给外人，主人自己却都没落了，那许是因为他们都只勇于"予"而怯于"受"。中国是勇于"予"而不太怯于"受"的，所以还是自己的文化的主人，然而也只仅免于没落的劫运而已。为文化的主人自己打算，"取"不比"予"还重要吗？所以仅仅不怯于"受"是不够的，要真正勇于"受"。让我们的文学更彻的地向小说戏剧发展，等于说要我们死心塌地走人家的路。这是一个"受"的勇气的测验，也是我们能否继续自己文化的主人的测验。

过去记录里有未来的风色。历史已给我们指示了方向——"受"的方向，如今要的只是勇气，更多的勇气啊！

什么是儒家

——中国士大夫研究之一

"无论在任何国家"，伊里奇在他的《国家论》里说，"数千年间全人类社会的发展，把这发展的一般的合法则性，规则性，继起性，这样的指示给我们了：即是，最初是无阶级社会——贵族不存在的太古的，家长制的，原始的社会；其次是以奴隶制为基础的社会，奴隶占有者的社会。……奴隶占有者和奴隶是最初的阶级分裂。前一集团不仅占有生产手段——土地，工具（虽然工具在那时是幼稚的），而且还占有了人类。这一集团称为奴隶占有者，而提供劳动于他人的那些劳苦的人们便称为奴隶。"中国社会自文明初发出曙光。即约当商盘庚时起，便进入了奴隶制度的阶段，这个制度渐次发展，在西周达到它的全盛期，到春秋中叶便成强弩之末了，所以我们可以概括地说，从盘庚到孔子，是我们历史上的奴隶社会期。但就在孔子面前，历史已经在剧烈的变革着，转向到另一个时代，孔子一派人大声急呼，企图阻止这一变革，然而无效。历史仍旧进行着，直至秦汉统一，变革的过程完毕了，这才需要暂时休息一下。趁着这个当儿，孔子的后学们，以董仲舒为代表，便将孔子的理想，略加修正，居然给实现了。在长时期变革过程的疲惫后，这是一帖理想的安眠药，因为这安眠药的魔力，中国社会便一觉睡了两千年，直到孙中山先生才醒转一次。孔子的理想既是恢复奴隶社会的秩序，而董仲舒是将这理想略加修正后，正式实现了，那么，中国社会，从董仲舒到中山先生这段悠长的期间，便无妨称为一个变相的奴隶社会。

董仲舒的安眠药何以有这大的魔力呢？要回答这问题，还得从头说起。相传殷周的兴亡是仁暴之差的结果，这所谓仁与暴分明代表着两种不同的奴隶管理政策。大概殷人对于奴隶榨取过度，以至奴隶们"离心离德"而造成"前途倒戈"的后果，反之，周人的榨取比较温和，所以能一方面赢得自己奴隶的"同心同德"，一方面又能给太公以施行"阴谋"的机会，教对方的奴隶叛变他们自己的主人。仁与暴是漂亮的名词，实际只是管理奴隶的方法有的高明点，有的笨点罢了。周人还有个高明的地方，那便是让胜国的贵族管理胜国的奴隶。《左传》定四年说："周公相王室，分鲁公以……殷民六族……使帅其宗氏，辑其分族，将其类丑，……使之职事于鲁，……分之土田陪敦（附庸，即仆庸），祝宗卜史，备物典策，官司彝器。……分康叔以……殷民七族。……"这些殷民六族与七族便是胜国投降的贵族，那些"备物典策，官司彝器"的"祝宗卜史"便是后来所谓"儒"——寄食于贵族的知识分子。让贵族和知识分子分掌政教，共同管理自己的奴隶（附庸），这对奴隶们和奴隶占有者（周人）双方都有利的，因为以居间的方式他们可以缓和主奴间的矛盾，他们实在做了当时社会机构中的一种缓冲阶层。后来胜国贵族们渐趋没落，而儒士们因有特殊知识和技能，日渐发展成一种宗教文化的行帮企业，兼理着下级行政干部的事务，于是缓冲阶层便为儒士们所独占了（当然也有一部分没落的胜国贵族，改业为儒，加入行帮的）。

明白了这种历史背景，我们就可以明白儒家的中心思想。因为儒家是一个居于矛盾的两极之间的缓冲阶层的后备军，所以他们最忌矛盾的统一，矛盾统一了，没有主奴之分，便没有缓冲阶层存在的余地。他们也不能偏袒某一方面，偏袒了一方，使一方太强，有压倒对方的能力，缓冲者也无事可做。所谓"君子和而不同"，便是要使上下在势均力敌的局面中和平相处，而切忌"同"于某一方面，以致动摇均势。因为动摇了均势，便动摇自己的地位啊！儒家之所以不能不讲中庸之道，正因他是站在中间的一种人。中庸之道，对上说，爱惜奴隶，便是爱惜自己的生产工具，也便是爱惜自己，所以是有利的；对下说，反正奴隶是做定了，苦也就吃定了，只要能少吃点苦就是幸福，所以也是有利的。然而中庸之道，最有利的，恐怕还是那站在中间，两边玩弄，两边镇压，两边劝谕，做人又做鬼的人吧！孔子之所以宪章文武，尤其梦想周公，无非是初期统治阶级的奴隶管理政策，符合了缓冲阶层的利益，所谓道统者，还是有其社会经济意义的。

可是切莫误会，中庸决不是公平。公平是从是非观点出发的，而中庸只是在利害上打算盘。主奴之间还讲什么是非呢？如果是要追究是非，势必牵涉到奴隶制度的本身，如果这制度本身发生了问题，哪里还有什么缓冲阶层呢？显然的，是非问题是和儒家的社会地位根本相抵触的。他只能一面主张"成事不说，遂事不谏，既往不咎"，一面用正名（君君臣臣，父父子子）的理论，维持现有的秩序（既成事实），然后再苦口婆心地劝两面息事宁人，马马虎虎，得过且过。我疑心"中庸"之庸字，也就是"附庸"之庸字，换言之，"中庸"便是中层或中间之佣。自身既也是一种佣役（奴隶），天下哪有奴隶支配主人的道理，所以缓冲阶层的真正任务，也不过是恳求主子刀下留情，劝令奴才忍重负辱，"执中无权，犹执一也"，天秤上的码子老是向重的一头移动着，其结果，"中庸"恰恰是"不中庸"，可不是吗？"爵禄可辞也，白刃可蹈也，中庸不可能也"！果然你辞了爵禄，蹈了白刃，那于主人更方便（因为把劝架的人解决了，奴才失去了掩蔽，主人可以更自由地下毒手），何况爵禄并不容易辞，白刃更不容易蹈呢？实际上缓冲阶层还是做了帮凶，"季氏富于周公，而求也为之聚敛而附益之，"冉求的作风实在是缓冲阶层的惟一出路。孔子喝令"小子鸣鼓而攻之"！是冤枉了冉求，因为孔子自己也是"三月无君则皇皇如也"的，冉求又怎能饿着肚子不吃饭呢！

但是，有了一个建筑在奴隶生产关系上的社会，季氏便必然要富于周公，冉求也必然要为之聚敛，这是历史发展的一定的法则。这法则的意义是什么呢？恰恰是奴隶社会的发展促成了奴隶社会的崩溃。缓冲阶层既依存于奴隶社会，那么冉求之辈替主人聚敛，也就等于替缓冲阶层自掘坟墓。所以毕竟是孔子有远见，"留得青山在，不怕没柴烧"，冉求是自己给自己毁坏青山啊！然而即令是孔子的远见也没有挽回历史。这是命运的作剧吧？做了缓冲阶层，其势不能帮助上头聚敛，不聚敛，阶层的地位便无法保持，但是聚敛得来使整个奴隶社会的机构都要垮台，还谈得到什么缓冲阶层呢？所以孔子的呼吁如果有效，青山不过是晚坏一天，自己便多烧一天的柴，如果无效，青山便坏得更早点，自己烧柴的日子也就有限了，孔子的见地远是远点，但比起冉求，也不过是"以五十步笑百步"而已。结果，历史大概是沿着冉求的路线走的，连比较远见的路线都不会蒙它采纳，于是春秋便以高速度的发展转入了战国，儒家的理想，非等到董仲舒是不能死灰复燃的。

话又说回来了，儒家思想虽然必需等到另一时代，客观条件成熟，才能复活，但它本身也得有其可能复活的主观条件，才能真正复活，否则便有千百个董仲舒，恐怕也是枉然。儒家思想，正如上文所说，是奴隶社会的产物，而它本身又是拥护奴隶社会的。我们都知道，奴隶社会是历史必须通过的阶级，它本身是社会进步的果，也是促使社会进步的因。既然必须通过，当然最好是能过得平稳点，舒服点。文武周公所安排的，孔子所发表的奴隶社会，因为有了那样缓和的榨取政策，和为执行这政策而设的缓冲阶层，它确乎是一比较舒服的社会，因为舒服，所以自从董仲舒把它恢复了，两千年的历史在它的怀抱中睡着了。

诚然，董仲舒的儒家不是孔子的儒家，而董仲舒以后的儒家也不是董仲舒的儒家，但其为儒家则一，换言之，他们的中心思想是一贯的。两千年来士大夫没有不读儒家经典的，在思想上，他们多多少少都是儒家，因此，我们了解了儒家，便了解了中国士大夫的意识观念。如上文所说，儒家思想是奴隶社会的产物，然则中国士大夫的意识观念是什么，也就值得深长思之了！

原载昆明《民主周刊》第一卷
第五期民国三十四年一月

关于儒·道·土匪

医生临症，常常有个观望期间，不到病势相当沉重，病象充分发作时，正式与有效的诊断似乎是不可能的。而且，在病人方面，往往愈是痼疾，愈要讳疾忌医，因此恐怕非等到病势沉重，病象发作，使他讳无可讳，忌无可忌时，他也不肯接受诊断。

事到如今，我想即使是最冥顽的讳疾忌医派，如钱穆教授之流，也不能不承认中国是生着病，而且病势的严重，病象的昭著，也许赛过了任何历史记录。惟其如此，为医生们下诊断，今天才是最成熟的时机。

向来是"旁观者清"，无怪乎这回最卓越的断案来自一位英国人。这是韦尔斯先生观察所得：

"在大部分中国人的灵魂里，斗争着一个儒家。一个道家。一个土匪。"（《人类的命运》）

为了他的诊断的正确性，我们不但钦佩这位将近八十高龄的医生，而且感激他，感激他给我们查出了病源，也给我们至少保证了半个得救的希望，因为有了正确的诊断，才谈得到适当的治疗。

但我们对韦尔斯先生的拥护，不是完全没有保留的，我认为假如将"儒家，道家，土匪"，改为"儒家，道家，墨家"，或"偷儿，骗子，土匪"，这不但没有损害韦氏的原意，而且也许加强了它，因为这样说话，可以使那些比韦氏更熟悉中国历史和文化的人，感着更顺理成章点，因此也更乐于接受点。

先讲偷儿和土匪，这两种人作风的不同，只在前者是巧取，后者是豪夺罢了。"巧取豪夺"这成语，不正好用韩非的名言"儒以文乱法，侠以武犯禁"来说明吗？而所谓侠者不又是堕落了的墨家吗？至于以"骗子"代表道家，起初我颇怀疑那徽号的适当性，但终于还是用了它。"无为而无不为"也就等于说：无所不取，无所不夺。而看去又像是一无所取，一无所夺，这不是骗子是什么？偷儿，骗子，土匪是代表三种不同行为的人物，儒家，道家，墨家是代表三种不同的行为理论的人物，尽管行为产生了理论，理论又产生了行为，如同鸡生蛋，蛋生鸡一样，但你既不能说鸡就是蛋，你也就不能将理论与行为混为一谈。所以韦尔斯先生叫儒家，道家和土匪站作一排，究竟是犯了混淆范畴的逻辑错误。这一点表过以后，韦尔斯先生的观察，在基本意义上，仍不失为真知灼见。

就历史发展的次序说，是儒，墨，道。要明白儒墨道之所以成为中国文化的病，我们得从三派思想如何产生讲起。

由于封建社会是人类物质文明成熟到某种阶段的结果，而它自身又确乎能维持相当安定的秩序，我们的文化便靠那种安定而得到迅速的进步，而思想也便开始产生了。但封建社会的组织本是家庭的扩大，而封建社会的秩序是那家庭中父权式的以上临下的强制性的秩序，它的基本原则至多也只是强权第一，公理第二。当然秩序是生活必要的条件，即便是强权的秩序，也比没有秩序好。尤其对于把握强权，制定秩序的上层阶级，那种秩序更是绝对的可宝。儒家思想便是以上层阶级的立场所给予那种秩序的理论的根据。然而父权下的强制性的秩序，毕竟有几分不自然，不自然的便不免虚伪。虚伪的秩序终久必会露出破绽来，墨家有见于此，想以慈母精神代替严父精神来维持秩序，无奈秩序已经动摇后，严父若不能维持，慈母更不能维持。儿子大了，父亲管不了，母亲更管不了，所以墨家之归于失败，是势所必然的。

墨家失败了，一气愤，自由行动起来，产生所谓游侠了，于是秩序便愈加解体了。秩序解体以后，有的分子根本怀疑家庭存在的必要，甚至咒诅家庭组织的本身，于是独自逃掉了，这种分子便是道家。

一个家庭的黄金时代，是在夫妇结婚不久以后，有了数目不太多的子女，而子女又都在未成年的期间，这时父亲如果能够保持着相当丰裕的收入，家中当然充满一片天伦之乐，即令不然，儿女人数不多，只要分配得平均，也还可以过得相当快乐，万一分配不太平均，反正儿女还小，也不至闹出大乱子来。但事实是一个庞大的家庭，儿女太多，又都成年了，利害互相冲突，加之分配本来就不平均，父亲年老力衰，甚至已经死了，家务由不得持平的大哥主持，其结果不会好，是可想而知了。儒家劝大哥一面用父亲在天之灵的大帽子实行高压政策，一面叫大家以黄金时代的回忆来策励各人的良心，说是那样，当年的秩序和秩序中的天伦之乐，自然会恢复。他不晓得当年的秩序，本就是一个暂时的假秩序，当时的相安无事，是沾了当时那特殊情形的光，于今情形变了，自然会露出马脚来。墨家的母性的慈爱精神不足以解决问题，原因也只在儿子大了，实际的利害冲突，不能专凭感情来解决，这一层前面已经提到。在这一点上，墨家犯的错误，和儒家一样，不过墨家确乎感觉到了那秩序中分配不平均的基本症结，这一点就是他后来走向自己行动的路的心理基础。墨家本意是要实现一个以平均为原则的秩序，结果走向自由行动的路，是破坏秩序。只看见破坏旧秩序，而没有看见建设新秩序的具体办法，这是人们所痛恶的，因为，正如前面所说的，秩序是生活的必然条件。尤其是中国人的心理，即令不公平的秩序，也比完全没有秩序强。

这里我们看出了墨家之所以失败，正是儒家之所以成功。至于道家因根本否认秩序而逃掉，这对于儒家，倒因为减少了一个掣肘的而更觉方便，所以道家的遁世实际是帮助了儒家的成功。因为道家消极的帮了儒家的忙，所以儒家之反对道家，只是口头的，表面的，不像他对于墨家那样的真心的深恶痛绝。因为儒家的得势，和他对于墨道两家态度的不同，所以在上层阶级的士大夫中，道家还能存在，而墨家却绝对不能存在。墨家不能存在于士大夫中，便一变为游侠，再变为土匪，愈沉愈下了。

捣乱分子墨家被打下去了，上面只剩了儒与道，他们本来不是绝对不相容的，现在更可以合作了。合作的方案很简单。这里恕我曲解一句古书，《易经》说"肥遁，无不利"，我们不妨读肥为本字，而把"肥遁"解为肥了之后再遁，那便是说一个儒家做了几任"官"，捞得肥肥的，然后撒开腿就跑，跑到一所别墅或山庄里，变成一个什么居士，便是道家了。——这当然是对己最有利的办法了。甚至还用不着什么实际的"遁"，只要心理上念头一转，就身在宦海中也还是遁，所谓"身在魏阙，心在江湖"和"大隐隐朝市"者，是儒道合作中更高一层的境界。在这种合作中，权利来了，他以儒的名分来承受，义务来了，他又以道的资格说，本来我是什么也不管的。儒道交融的妙用，真不是笔墨所能形容的，在这种情形之下，称他们为偷儿和骗子，能算冤屈吗？

"成则为王，败则为寇"，"窃钩者诛，窃国者侯"，这些古语中所谓王侯如果也包括了"不事王侯，高尚其事"的道家，便更能代表中国的文化精神。事实上成语中没有骂到道家，正表示道家手段的高妙。讲起穷凶极恶的程度来，土匪不如偷儿，偷儿不如骗子，那便是说墨不如儒，儒不如道，韦尔斯先生列举三者时，不称墨而称土匪，也许因为外国人到中国来，喜欢在穷乡僻壤跑，吃土匪的亏的机会特别多，所以对他们特别深恶痛绝。在中国人看来，三者之中其实土匪最老实，所以也是最好防备。从历史上看来，土匪的前身墨家，动机也最光明，如今不但在国内，偷儿骗子在儒道的旗帜下，天天剿匪，连国外的人士也随声附和的口诛笔伐，这实在欠公允，但我知道这不是韦尔斯先生的本意，因为我知道在他们本国，韦尔斯先生的同情一向是属于那一种人的。

话说回来，土匪究竟是中国文化的病，正如偷儿骗子也是中国文化的病。我们甚至应当感谢韦尔斯先生在下诊断时，没有忘记土匪以外的那两种病源——儒家和道家。韦尔斯先生用《春秋》的书法，将儒道和土匪并称，这是他的许多伟大贡献中的又一个贡献。

五四运动的历史法则

　　大家都知道，近百年来，中国社会是处于一种半封建性半殖民地性的状态中。封建的主人地主官僚与殖民国的主人帝国主义，这两个势力之能够同时并存于我们这里，已经说明了它们之间的一种奇异的关系，一种相反而又相成，相克而又相生的矛盾关系。在剥削人民的共同目的上。它们利害相同，所以能够互相结合，互相维护，同时分赃不匀又使它们利害冲突而不能不互相龃龉。然而它们却不能决裂。因为，他们知道，假如帝国主义独占了中国，任凭它的武器如何锋利，民族的仇恨会梗塞着他的喉头，使它不能下咽，假如封建势力垄断了中国？那又只有加深它自己的崩溃，以致在人民革命势力之前，加速它自己的灭亡。总之，被压迫被榨取的，究竟是"人"，而人是有反抗性的，反抗而团结起来，便是力量，不是民族的力量，便是民主的力量，这些对于帝国主义或封建势力，都是很讨厌的东西。于是他们想好分工合作，让地主官僚出面执行榨取的任务，以缓和民族仇恨。（这是帝国主义借刀杀人！）让帝国主义一手把着枪炮，一手提着钱袋，站在背后保镖，以软化民主势力（这是地主官僚狗仗人势！）。它们是聪明的，因为，虽然它们的欲壑都有着垄断性与排他性，它们却都愿意极力克制这些，彼此互相包容，互相照顾，互相妥协，而相安于一种近乎均势的状态中。果然，愈是这样，它们的寿命愈长，那就是说，惟其是半封建半殖民地，中国人民的解放才愈难实现。

　　可是，帝国主义和封建势力的寿命偏是不能长，而中国人民毕竟非解放不可！基于资本主义国家间内在的矛盾，帝国主义对中国的威力大大的受了制约，矛盾尖锐化到某种程度，使它们自相火并起来，帝国主义就得暂时退出中国。帝国主义退出了中国，人民的对手便由两个变成一个，这便好办了，只要能让人民和封建势力以一比一的力量来决斗，最后胜利定属于人民。我说最后胜利，因为一上来，封建势力凭了它那优势的据点和优势的武器，确乎来势汹汹，几乎有全盘胜利的把握。但它究竟是过了时的乏货，内部的腐化将逼得它最后必须将据点放弃，武器交出，而归于失败。五四运动及其前前后后，便是这个历史事实的具体说明。

1914 年以前，活动于中国这个政治经济战场上的，是一种三角斗争，包括（一）各个字号的帝国主义，（二）以袁世凯为中心的封建残余势力，以及（三）代表人民力量的市民层民主革命的两股潜伏势力：（甲）国民党政治集团，（乙）北京大学文化集团。那时三个力量中，帝国主义势力最大，封建势力仅次于帝国主义，政治上代表人民愿望的国民党，几乎是在苟延残喘的状态中保持着一线生机，至于作为后来文化革命据点的北京大学，在政治意义上，更是无足轻重，但等一九一四年，欧洲诸帝国主义国家内在的矛盾，尖锐化到不能不爆发为第一次世界大战，中国的情形便大变了。欧洲列强，不论是协约国或同盟国。为着忙于上前线进攻，或在后方防守，忽然都退出了中国。欧洲帝国主义退出了，中国社会的本质，便立时由半封建半殖民地，变为相当于百分之九十的封建，百分之十的殖民地（这百分之十的主人，不用说，就是日本）。于是袁世凯和他的集团忽然交了红运，可是袁世凯的红运实在短得可怜，而他的余孽，北洋军阀的红运也不太长。真正走红运的倒是人民，你不记得仅仅距袁氏称帝后四年，督军解散国会和张勋复辟后二年，向封建势力突击的文化大进军，五四运动便出现了吗？从此中国土地上便不断的涌着波澜日益壮阔的民主怒潮，终于使国民革命军北伐成功，北洋军阀彻底崩溃。这时人民力量不但铲除了军阀，还给刚从欧洲抽身回来的帝国主义吃了不少眼前亏。请注意：帝国主义突然退出，封建势力马上抬头，跟着人民的力量就将它一把抓住，经过一番苦斗，终于将它打倒——这一历史公式，特别在今天，是值得我们深深玩味了！

谁说历史不会重演？虽然在细节上，今天的"五四"不同于二十六年前的"五四"，可是在主要成分上，两个时代几乎完全是一样的。第二次世界大战爆发，欧洲帝国主义退出，于是中国半殖民地的色彩取消了，半封建便一变而为全封建（请在复古空气和某种隆重礼物的进献中注意筹安会的鬼，还有这群鬼后的袁世凯的鬼！）现在封建势力正在嚣张的时候，可是，人民也并没有闲着，代表人民愿望，发挥人民精神，唤醒人民力量的政治，文化种种集团也都不缺少，满天乌云，高耸的树梢上已在沙沙发响，近了，更近了，暴风雨已经来到，一场苦斗是不能避免的。至于最后的胜利，放心吧——有历史给你做保证。

历史重演，而又不完全重演。从二十六年前的"五四"，到今天，恰是螺旋式的进展了一周。一切都进步了。今天帝国主义的退出，除了实际活动力量与机构的撤退，还有不平等条约的取消，中国人卖身契的撕毁。这回帝国主义的退出是正式的，至少在法律上，名义上是绝对的，中国第一次，坐上了"列强"的交椅。帝国主义进一步的撤退，是促使或放纵封建势力进一步的伸张的因素，所以随着帝国主义的进步，封建势力也进步了。战争本应使一个国家更加坚强，中国却愈战愈腐化，这是什么缘故？原来腐化便是封建势力的同义语，不是战争，而是封建余毒腐化了中国。今天政治经济，社会，文化的腐化方面，比二十六年前更变本加厉，是公认的事实。时髦的招牌和近代化的技术，并不能掩饰这些事实。反之，都是加深腐化的有力工具，和保育毒菌的理想温度。然而封建势力的进步，必然带来人民力量的进步，这可分四方面讲。（一）西南大后方市民阶层的民主运动。这无论在认识上，组织上或进行方法上，比起五四时代都进步多了，详情此地不能讨论。（二）敌后的民主中国，这个民主的大本营，论成绩和实力，远非五四时代的以来所能比拟，是人人都知道的。（三）封建势力内部的醒觉分子。这部分民主势力，现在还在潜伏期中，一旦爆发，它的作用必然很大。这是五四时代几乎完全没有过的一种势力，今天在昆明，它尤其被一般人所忽略以上三种力量都是自觉的，另有一种不自觉的，但也许比前三者更强大的力量，那便是（四）大后方水深火热中的农民。虽然他们不懂什么是民主，但是谁逼得他们活不下去，他们是懂得的。五四时代，因帝国主义退出，中国民族工业得以暂时繁荣，一般说来，人民的生活是走上坡路的。今天的情形，不用说，和那时正相反。这情形是政治腐化的结果，而政治腐化的责任，正如上文所说，是不能推在抗战身上的。半个民主的中国不也在抗战吗？而且抗得更多，人民却不饿饭。（还不要忘记那本是中国最贫瘠的区域之一。）原来抗战在我们这大后方，是被人利用了，当作少数人吸血的工具利用了。黑幕已经开始揭露，血债早晚是要还清的，到那时，你自会认识这股力量是如何的强大。

帝国主义的进步，封建势力的进步，结果都只为人民的进步造了机会，为人民的胜利造了机会。不管道路如何曲折，最后胜利永远是属于人民的，二十六年前如此，今天也如此。在"五四"的镜子里，我们看出了历史的法则。

三十四年四月二十七日

妇女解放问题

认清楚对象

争取妇女解放的对象该是整个社会而不是男性。一切问题都是这不合理的社会所产生，都该去找社会去算帐。但社会是看不见的，在这里只能用个人的想象来把它看成一个集体的东西——房屋。我们在这房屋中间生活了几千年，每人都被安放在一个角落上，有的被放得好，放得正，生活过得舒服，有的被放得不正，生活不舒服，就想法改良反抗，于是推推挤挤拿旁人来出气，其实，旁人也没有办法，也不能负责的，这是整个社会结构的问题，就像一座房屋，盖得既不好，年代又久了，住得不舒服，修修补补是没有用处的，就只有小心地把房屋拆下，再重新按照新的设计图样来建筑。对于社会而言，这种根本的办法，就是"革命"。革命并非毁灭，只是小心地把原料拆下来，重新照新计划改造。所以计划得很好的革命，并不是太大的事情。

奴隶制度产生的因素有二：一是种族，二是两性

现在的社会是不合理的，因为这社会里有阶级，阶级的产生由于奴隶制度。奴隶制度产生的因素有两个，一是种族，二是两性。在两个种族打仗的时候，甲族的人被乙族的俘去了，作为生产工具，即是奴隶，原来平等的社会就开始分裂成主奴两个阶级。奴隶的数目愈来愈多的时候，这两个阶级的

分别也愈为明显，倘没有另外的种族，那末一切不平等，阶级产生的可能性也可减少。其次，问到最初被俘的甲族人是男的还是女的，回答说是女的。被俘来的不仅作奴隶，还可作妻子。因为在图腾社会中有一种很重要的制度叫"外婚制"，就是男子不能和他本族的女子结婚，一定得找外族的女子作配偶。在这制度下两族本可交换女子结婚，但因古代婚姻，不单是解决两性的问题，重要的还是经济的问题，大家都需要生产，劳动力，女子在未嫁前帮娘家做活，娘家当然不愿她出嫁而减少一个帮手，使自己受到损失，所以老把女儿留在家里。但另一边同样急切地需要她去生产孩子，在这争持的情形下，产生了抢婚的行为，她既是被抢来的生产工人，便怕她逃回去，或被娘家的人抢回，才用绳子捆起，成为这族的奴隶，所以谈到奴隶制度时，两性的因素不可缺少，甚至"奴隶制"是"外婚制"的发展呢！

女性·奴性和妓性

中国的古人造字，"女"字是"￡"，或"を"，象征绳子把坐着的人捆住，而"女"字和"奴"字在古时不但声音一样，意义也相同，本来是一个字，只是有时多加一只手牵着"を"而已，那时候，未出嫁的女儿叫"子"，出嫁后才叫"女"或"奴"，所以妇女的命运从历史的开始起就这么惨了。

现在的社会里，奴隶已逐渐解放了，最先被解放的奴隶是距主人最远的农业奴隶，主人住在城里，他们住在乡间。其次被解放的是贵族的工商业奴隶，主人住在内城，他们住在外城。再其次是在主人身边伺候主人的听差老妈子，而资格最老，历史最久的奴隶——妇女——却还没有得到解放，因为她们和她们的主子——丈夫——的距离太近，关系太密切了，而且生活过得也还可以，不觉得要解放。

从历史上看中国的女性，就是奴性的同义字，三从四德就是奴性的内容。再不客气地说一句，近代西洋女性的妓性比较起来也好不了多少，只是男女关系不固定些而已。奴则老是呆在家里，不准外出，而且固定属于一个男子，妓则要自由得多，妓因有被迫去当的，但自动去当妓，多少带点反抗性，所以近代西洋的妓性比中国的奴性要好一点，因为已解放了一纲，只是不彻底而已。

真女性应该从母性出发而不从妻性出发

彻底解放了的新女性应该是真女性，我们先设想在奴隶社会没开始时的那个没有阶级，没有主奴关系的社会，真女性就该以那社会中的天然的，本来的，真正的女性做标准。有人说女子总是女子，在生理上和男子不同，就进化来证明女子该进厨房，其实是不对的，根据人类学，在原始时的女性中心社会里的女子，长得和这时代的女子不同，胸部挺起，声量宽洪，性格刚强，而那时候的男子反因坐得久了，脂肪积储在下体，使臀部变大，同时又因须抚养儿女，性情温柔，声音细弱，所以除了女子能生育而产生母子关系而外，和男子并没有什么不同。真女性就应该从母性出发而不从妻性出发（从妻性出发不成为奴即成为妓）。母亲对待儿子总是慈爱的，愿为儿子操劳，忍耐，甚至勇敢地牺牲，从母性出发的真女性是刚强的，具有一切美德如：仁慈，忍耐，勇敢，坚强。就是雌性的动物在哺乳的时候，总是比雄的还来得凶，来得可怕，俗语中的"母大虫"，"雌老虎"，古书上称猎得乳虎的做英雄，都是这个意思。女子彻底解放以后，将来的文化要由女子来领导，一切都以妇女为表率，为模范，为中心。

我们不反对女子中看又中用但最要紧的还是中用

妇女的解放，并不是个人的努力所能成功的，必须从整个社会下手，拆下旧房屋，再按照新计划去盖造，使成为没有阶级，没有主奴关系的社会。历史照螺旋形发展，从当初开始有奴隶的社会到今天刚好绕了一圈，现在又要到没有奴隶的社会了，这并不是进化，不过这得有理想，有魄力，才能改变到一个新社会。三千年来的历史全错了，要是有一点地方对的，也是偶然碰上了而已。我的这种想法也许有点大胆，有点浪漫；但在这些地方——譬如苏联，已经试验成功了。台维斯的《出使莫斯科记》里说："美国的女子中看不中用，苏联的女子中用不中看。"苏联女子就是从母性出发的真女性，是实际有用的，并不是供人看看的花瓶。当然我们不反对女子中看又中用，但最要紧的还是中用，倘以中看为标准而做去，充其量，只是表现出妓性。还有《延安一月》的作者告诉我们延安的妇女已不像女性，也就是说延安的妇女是真正解放了，已不再是奴隶了。现在既有具体的，试验成功的榜样供大家学习，为什么还躲在这社会里呻吟而逃避呢？毕竟妇女解放问题被提出了，热烈地展开讨论了，表示妇女解放的条件已成熟，离真正解放的日子也不远了，一旦妇女真正解放，文化也就变成新的，文学艺术各部门都要以新姿态出现了！

"一二·一" 运动始末记

　　自从民国三十三年双十节，昆明各界举行纪念大会，发表国是宣言，提出积极的政治主张，这里的学生，配合着文化界，妇女界，职业界的青年，便开始团结起来，展开热烈的民主运动，不断地喊出全国人民最迫切的要求。各大中学师生关于民主政治的无数次讲演、讨论和各种文艺活动的集会，各界人士许多次对国是的宣言，以及三十三年护国纪念，三十四年"五四"纪念的两次大游行，这些活动和其他后方各大城市的沉默，恰好形成一个鲜明的对照。在这沉默中，谁知道他们对昆明，尤其昆明的学生，怀抱着多少欣羡，寄托着多少期望！

　　三十四年八月，日本正式投降，全国欢欣鼓舞，以为八年来重重的苦难，从此结束。但是不出两月，便在十月三日，云南省政府突然改组，驻军发生冲突，使无辜的市民饱受惊扰，而且遭遇到并不比一次敌机的空袭更少的死亡。昆明市民的喘息未定，接着全国各地便展开了大规模的内战，人人怀着一颗沉重的心，瞪视着这民族自杀的现象。昆明，被人家欣羡和期望的昆明，怎么办呢？是的，暴风雨是要来的，昆明再不能等了，于是十一月二十五日晚，国立西南联合大学，国立云南大学，私立中法大学，和省立英语专修学校等四校学生自治会，在西南联大新校舍草坪上，召开了反对内战呼吁和平的座谈会，到会者五千余人。似乎反动者也不肯迟疑，在教授们的讲演声中，会场四周，企图威胁到会群众和扰乱会场秩序的机关枪、冲锋枪、小钢炮一齐响了，散会之后，交通又被断绝，数千人在深夜的寒风中踯躅着，抖擞着。

昆明愤怒了。

翌日，全市各校学生，在市民普遍的同情与支持之下，相率罢课，表示抗议，并要求当局查办包围学校开枪的军队，撤消事前号称地方党政军联席会议所颁布的禁止集会游行的非法禁令。当局对学生们这些要求的答复是什么呢？除种种造谣诬蔑和企图破坏学生团结的所谓"反罢课委员会"的卑劣阴谋外，便是十一月三十日，特务们的棍子、石头、手枪、刺刀，对全市学生罢课联合委员会宣传队的沿街追打。然而这只是他们进攻的序幕。十二月一日，从上午九时到下午四时，大批的特务和身着制服，佩带符号的军人，携带武器，分批闯入云南大学，中法大学，联大工学院，师范学院，联大附中等五处，捣毁校具，劫掠财物，殴打师生。同时在联大新校舍门前，暴徒们于攻打校门之际，投掷手榴弹一枚，结果南菁中学教员于再先生中弹重伤，当晚十时二十分，在云大医院逝世。同时在联大师范学院，正当铁棍、石头飞舞之中，大批学生已经负伤倒地，又飞来三颗手榴弹，中弹重伤的联大学生李鲁连君，仅只奄奄一息了，又在送往医院的途中，被暴徒拦住，惨遭毒打，遂至登时气绝。奋勇救护受伤同学的联大学生潘琰小姐已经胸部被手榴弹炸伤，手指被弹片削掉，倒地后，腹部上又被猛戳三刀，便于当日下午五时半在云大医院的病榻上，喊着"同学们团结呀！"与世长辞了。昆华工校学生张华昌君，闻变赶来救援联大同学，头部被弹片炸破，右耳满盛着血浆，红色上浮着白色的脑浆，这条仅只十七岁的生命，绵延到当日下午五时在甘美医院也结束了。此外联大学生缪祥烈君，左腿骨炸断，后来医治无效，只好割去，变成残废。总计各校学生受重伤者十一人，轻伤者十四人，联大教授也有多人痛遭殴辱。各处暴徒从肇事逞凶时起，到任务完成后，高呼口号，扬长过市时止，始终未受到任务军警的干涉。

这就是昆明学生的民主运动，和它的最高潮"一二·一"惨案的概略。

"一二·一"是中华民国建国以来最黑暗的一天，但也就在这一天，死难四烈士的血给中华民族打开了一条生路。从这天起，在整整一个月中，作为四烈士灵堂的联大图书馆，几乎每日都挤满了成千成万，扶老携幼的致敬的市民，有的甚至从近郊几十里外赶来朝拜烈士们的遗骸。从这天起，全国各地，乃至海外，通过物质的或精神的种种不同的形式，不断地寄来了人间最深厚的同情和最崇高的敬礼。在这些日子里，昆明成了全国民主运动的心脏，从这里吸收着也输送着愤怒的热血的狂潮。从此全国的反内战、争民主的运动，更加热烈的展开，终于在南北各地一连串的血案当中，促成了停止内战，协商团结的新局面。

愿四烈士的血是给新中国的历史写下了最初的一页，愿它已经给民主的中国奠定了永久的基石！如果这愿望不能立即实现的话，那么，就让未死的战士们踏着四烈士的血迹，再继续前进，并且不惜汇成更巨大的血流，直至在它面前，每一个糊涂的人都清醒起来，每一个怯懦的人都勇敢起来，每一个疲乏的人都振作起来，而每一个反动者都战栗的倒下去！

四烈士的血不会是白流的。

组织民众与保卫大西南

——民国三十三年昆明各界双十节纪念大会演讲词

　　诸位！我们抗战了七年多，到今天所得的是什么？眼看见盟国都在反攻，我们还在溃退，人家在收复失地，我们还在继续失地。虽然如此，我们还不警惕，还不悔过，反而涎着脸皮跟盟友说："谁叫你们早不帮我们，弄到今天这地步！"那意思仿佛是说："现在是轮着你要胜利了，我偏败给你瞧瞧！"这种无赖的流氓意识的表现，究竟是给谁开玩笑！溃退和失地是真不能避免的吗？不是有几十万吃得顶饱，斗志顶旺的大军，被另外几十万喂得也顶好，装备得顶精的大军监视着吗？这监视和被监视的力量，为什么让他们冻结在那里？不拿来保卫国土，抵抗敌人？原来打了七年仗，牺牲了几千万人民的生命，数万万人民的财产，只是陪着你们少数人斗意气的？又是给谁开的玩笑！几个月的工夫，郑州失了，洛阳失了，长沙失了，衡阳失了。现在桂林又危在旦夕，柳州也将不保，整个抗战最后的根据地——大西南受着威胁，如今谁又能保证敌人早晚不进攻贵阳，昆明，甚至重庆？到那时，我们的军队怎样？还是监视的监视，被监视的被监视吗？到那时我们的人民又将怎样，准备乖乖的当顺民吗？还是撒开腿逃？逃又逃到哪里去？逃出去了又怎么办？诸位啊！想想，这都是你们自己的事啊！国家是人人自己的国家，身家性命是人人自己的身家性命，自己的事为什么要让旁人摆布，自己还装聋作哑！谁敢掐住你们的脖子！谁有资格不许你们讲话！用人民的血汗养的军队，为什么不拿出来为人民抵抗敌人？以人民的子弟组成的队伍，为什么不放他们来保卫人民自己的家乡？我们要抗议！我们要叫喊！我们要愤怒！我们的第一个呼声是：拿出国家的实力来保卫大西南，这抗战的最后根据地的大西南！

但是，今天站在人民的立场，我们一方面固然应当向政府及全国呼吁，另一方面我们也得认清我们人民自身的责任与力量。对于保卫大西南，老实说，政府的决心是一回事，他的能力又是一回事，郑州、洛阳、长沙、衡阳的往事太叫我们痛心了，保卫国土最后的力量恐怕还在我们人民自己的身上。一切都有靠不住的时候，最可靠的还是我们人民自己。而我们自己的力量，你晓得吗？如果善于发挥，善于利用，是不可想象的强大呀！今天每一个中国人，以他人民的身分，对于他自己所在的一块国土，都应尽其保卫的责任，也尽有保卫的方法。我们这些在昆明的人无论本省的或外来的，对于我们此刻所在的这块国土——昆明市，在万一他遭受进攻时，自然也应善用我们自己的方法来尽我们自己的责任。诸位，昆明在抗战中的重要性，不用我讲，保卫昆明即所以保卫云南即所以保卫大西南，保卫大西南即所以保卫中国，不是吗？

在今天的局势下，关于昆明的前途，大概有三种看法，每种看法代表一种可能性。第一种是敌人不来，第二种是来了被我们打退，第三种是不幸我们败了，退出昆明。第一种，客观上即会有多少可能性，我们也不应该作那打算，果然那样，老实说，那你就太没有出息了！我们应该用奋发的心情准备迎接敌人的进攻，并且立志把他打退，万一不能，也要逼他付出相当代价，再作有计划的，有秩序的荣誉的退却。然后走到敌后，展开游击战争，给敌人以经常的扰乱与破坏，一方面发动并组织民众，使他成为坚强的自卫力量，以便配合着游击军。等盟国发动反攻时，我们便以地下军的姿态，卷土重来，协同他们作战以至赶走敌人，完成我们的最后胜利。我们得准备前面所说的第二种，甚至干脆的就是第三种可能的局面，我们得准备迎接一个最黑暗的时期，然后从黑暗中，用我们自发的力量创造出光明来！这是一个梦，一个美梦。可是你如果不愿意实现这个梦，另外一个梦便在等着你，那是一个噩梦。噩梦中有两条路，一条是留在这里当顺民，准备受无穷的耻辱。一条是逃，但在还没有逃出昆明城郊时，就被水泄不通的混乱的人群车马群挤死，踏死，辗死，即使逃出了城郊，恐怕走不到十里二十里就被盗匪戳死，打死，要不然十天半月内也要在途中病死饿死。……衡阳和桂林撤退的惨痛故事，我们听够了，但昆明如有撤退的一天，那惨痛的程度，不知道还要几十倍几百倍于衡阳桂林！诸位，你能担保那惨痛的命运不落到你自己头上来吗？噩梦中的两条路，一条是苟全性命来当顺民，那样可以说是一种"不自由的生"，另一条是因不当顺民就当难民，那样又可说是一种"自由的死"。但是，诸位试想为什么必得是：要不死便不得自由，要自由就得死？自由和生难道是宿命的仇敌吗？为什么我们不能有"自由的生"！是呀！到"自由的生"的路就是我方才讲的那个美梦啊！敌人可能给我们选择的是不自由和死，假如我们偏要自由和生，我们便得到了自由的生，这便叫做"置之死地而后生"。

　　诸位，记住我们人民始终是要抗战到的的，万一敌人进攻，万一少数人为争夺权利闹意气而不肯把实力拿出来抵抗敌人，我们也有我们的办法。不要害怕，不管人家怎样，我们人民自始至终是有决心的，而有决心自然会有办法的。还要记住昆明在国际间"民主堡垒"的美誉，我们从今更要努力发扬民主自由的精神。哪一天我们的美梦完成了，我们从黑暗中造出光明来了，到那时中国才真不愧四强之一。强在哪里？强在我们人民，强在我们人民呀！今天政府不给人民自由，是他不要人民，等到那一天，我们人民能以自力更生的方式强起来了，他自然会要我们的。那时我们可以骄傲的对他说："我们可以不靠你，你是要靠我们的呀！"那便是真正的民主！我们今天要争民主，我们便当赶紧组织起来，按照实现那个美梦的目标组织起来，因为这组织工作的本身便是民主，有了这个基础，我们便更有资格，更有力量来争取更普遍的，完整的和永久的民主政治。

五四历史座谈

时间——三十三年五月三日晚
地点——联大新舍南区十号教室

刚才周炳琳先生报告了五四时候北大的情形，五四运动的中心是在北大，而清华是在城外，五三那天的会不能够去参加（记者按：周炳琳先生方才'说到五三晚上北大学生集会于北大第三院大礼堂，决定次日的游行示威）。至于后来的街头演讲，清华倒干得很起劲，一千多人被关起来，其中有许多是清华的。我那时候呢？也是因为喜欢弄弄文墨，而在清华学生会里当文书。我想起那时候的一件呆事，也是表示我文人的积习竟有这样深：五四的消息传到了清华，五五早起，清华的食堂门口出现了一张岳飞的《满江红》，就是我在夜里偷偷地去贴的。所以我今天看了许多同学的壁报，觉得我那时候贴的东西真太不如今天你们的壁报了。我一直在学校里管文件，没有到城里参加演讲，除了有一次是特殊的之外。那年暑假到上海开学生总会，周先生（炳琳）代表北大，我代表清华到上海听过中山先生的演讲，我的记忆极坏，此外没有什么事实可以报告，只知道当时的情绪，就像我的贴《满江红》吧！

方才张先生说五四是思想革命是正中下怀（记者按：张奚若先生说道："辛亥革命是形式上的革命，五四则是思想革命"）。但是你们现在好像是在审判我，因为我是在被革的系——中文系里面的。但是我要和你们里应外合！张先生说现在精神解放已走入歧途，我认为还是太客气的说法，实在是整个都走回去了！是开倒车了，现在有些人学会了新名词，拿他来解释旧的，说外国人有的东西我国老早就都有啦！我为什么教中国文学系呢？五四时代我受到的思想影响是爱国的，民主的，觉得我们中国人应该如何团结起来救国。五四以后不久，我出洋，还是关心国事，提倡 Nationalism，不过那是感情上的，我并不懂得政治，也不懂得三民主义，孙中山先生翻译 Nationalism 为民族主义，我以为这是反动的。回国以后在好几次的集会中曾经和周先生站在相反的立场。其实现在看起来，那是相同的，周先生：你说是不是？我在外国所学的本来不是文学，但因为这种 Nationalism 的思想而注意中文，忽略了功课，为的是使中国好，并且我父亲是一个秀才，从小我就受《诗》云子曰的影响。但是愈读中国书就愈觉得他是要不得的，我的读中国书是要戳破他的疮疤，揭穿他的黑暗，而不是去捧他。我是幼稚的，但要不是幼稚的话，当时也不会有五四运动了。青年人是幼稚的，重感情的，但是青年人的幼稚病，有时并不是可耻的，尤其是在一个启蒙的时期，幼稚是感情的先导，感情一冲动，才能发出力量。所以有人怕他们矫枉过正，我却觉得更要矫枉过正，因为矫枉过正才显得有力量。当时要打倒孔家店，现在更要打倒，不过当时大家讲不出理由来，今天你们可以来请教我，我念过了几十年的《经》书，愈念愈知道孔子的要不得，因为那是封建社会底下的，封建社会是病态的社会，儒学就是用来维持封建社会的假秩序的。他们要把整个社会弄得死板不动，所以封建社会的东西全是要不得的。我相信，凭我的读书经验和心得，他是实在要不得的。中文系的任务就是要知道他的要不得，才不至于开倒车。但是非中文系的人往往会受父辈《诗》云子曰的影响，也许在开倒车……负起五四的责任是不容易的，因为人家不许我们负呀！这不是口头说说的，你在行为上的小地方是会处处反映出孔家店的。

原载《大路》第五期

给西南联大的
从军回校同学讲话

　　我也是参加校务会议的一分子，但我所讲的只代表我个人。关于治标治本的问题，刚才查先生冯先生说的很清楚，很详细。我也替大家感到很高兴。不过我想，大家是去从军，而不是去治标。这些治标的对象是我们造出来的，所谓"天下本无事，庸人自扰之"。自缚自解只是绕圈子而已。但是这种治标，不是我们从军的目的，从军的目的就是治本。假使不抱治本的目的去从军，则我们还配得上做一个知识分子么？谈到知识分子，我们总以知识分子自夸，觉得很骄傲，很光荣。这，与其说是光荣，不如说是耻辱。由于知识分子少，固然显得宝贵，显得身价高。因此我们的地位之尊贵是由和一般没知识的大众相形之下而成的。所以我们个人之光荣，是以国家之不光荣换得来的。我听到很多从军同学回来诉说在印所受的污辱。如有一个盟军俱乐部，英国、美国、法国……连印度人也准进去，独不准中国人进去，因为他们认为我们是"China man"，不管你知识分子不知识分子。可见你们个人在国内，可以很神气，而在国外，人家就不管你什么东西了。所以国内不改善，在外人看来，你们只是一样的中国人！把这些经历，反省反省，认得清清楚楚，就不会白去了。

　　我们去从军，受那些连长，排长，那些老粗的虐待，或是过分的恭维，也还是如刀割般苦痛的。我们可以骂他们："正是你们丢了我们的脸，使我们受外国人的罪！"大家想想，为什么他们这样？想一想吧，这原是我们的责任！抗战以来，感到军队里知识分子太少，都希望赶快让知识青年去从军，借此机会改善军队。但是为什么到今日才晓得要找知识青年？根本我们的打仗就不想要知识青年来打的！本来，战争之发动就是用农民壮丁来干，农民去送死，我们去建国。这说来好听，根本当时的军队就没有组织，没有计划。送死，由他们去！以前卖命由他们去，现在就轮到他们管你们了！当初，苦事让人家干，现在因他们而丢脸，我们是不应该把他们当作敌人来仇恨他们或可怜他们，这是错的！这是整个社会制度表现出来的现象。当初他们入伍时，是没有知识就拉过来的，等到入伍后，也从未教一点知识给他们。相反的倒是让他们身体没闲，或者宁愿他们睡死，病死，却千万不要让他们的脑筋清醒，不让他们有知识。

统治者只要奴才去打仗，不要知识分子去打仗！好像现在要打内战，你们肯干吗？所以他们当初一时妙想天开，想找些知识分子去从军。他们一则糊涂，一则聪明。聪明的是这么一来，他们只把你们当一般壮丁一样训练。你们受得了就来，受不来就活不了。他们要把你们壮丁化，麻醉你们；麻醉得越多越好，奴化得越多越好。所以，人家是聪明的，我们就不能太笨了！现在我们可以反省一下，到底是怎样一回事？想对了，也还不愧为一个知识分子。上了当就要变乖和。要知道绝不是几个知识分子抱着空中楼阁的理想，老是想从事改良改良，这么天真就办得到的。但是我们的思想就是我们的武器！只要我们是人，有人格，这人格的尊严就是我们的武器！千万不要自己欺骗自己。作知识分子就要作一个真的知识分子！不是普通的技术青年而要作个智慧的青年！千万不要因为人家多给你们几个钱的待遇就算了事，要从大处看！

今早，有一个从军同学给一首诗我看。好诗，但写得我不同意。他说印度人怎的没希望了。是人就有希望，只要我们团结和醒觉！除非我们是苍蝇，是臭虫，……打了八年仗，八年前和八年后的苍蝇都是一样的，是人就变了，受了这么多的苦是会变的！尽管受尽压迫和痛苦，终有一天是印度人的世界，而不是英国人的世界。印度有希望，何况我们中国！

还有一点，以为只有知识分子，才有办法，别人一概不成。这种想法是错的。不要以为有了知识分子就有力量，真正的力量在人民。我们应该把自己的知识配合他们的力量，没有知识是不成的，但是知识不配合人民的力量，决无用处！我们知识分子常常夸大，以为很了不起，却没想到人民一醒觉，一发动起来，真正的力量就在他们身上。一班人活不好，吃不好，联大再好，也没有用的。我们是知识分子，应有我们的天职。我们享受好，义务也多，我们要努力。但以为自己努力就成了，就根本错！刚才那位写诗的同学说：印度人像没有生命似的，这才厉害。只有我们知识分子才怕死，人家不怕死，混混沌沌的把生命分的不清楚，一旦把他们号召起来，还得了！武器在我们手里时，就觉得这是不好玩的，要人命的东西；在他们手里，干起来就拼！因为真正的力量在人民，所以越压迫，越吃苦，报复起来就越厉害！因此我希望诸位无论干哪种工作，不要以为自己是大学生。这不该看成普通的谦虚，一种做人的手段；因为我们确实不如他们。不但口里说，而且心里也硬是要想：我们是不如他们的。我们的知识是一种脏物，是牺牲了大多数人的幸福而得来的。可是知识救不了我们；他们那些人敢说敢做，假如真要和我们拼起来，我们只有怕，没有办法！所以，问题就在他们要拼不要拼的问题；如果要，那我们就完了！

只有在一个合理的社会里，在一个没有人剥削人，人食人的社会里，知识才是一个武器，知识在一个合理的社会里才有大用；不然，是不中用的。所以，我希望各位能较抽象，较远大，较傻劲地看去。我所以说是傻，因为许多人都以他们的经验，说我们这样做是幼稚，是傻。其实我们的经验越多，只越教我们怯懦而已。现在，在军队里，可惜不是你们作主；但假如我们是和人民在一起，我们就有希望了。

八年的回忆与感想

　　说到联大的历史和演变，我们应追溯到长沙临时大学的一段生活。最初，师生们陆续由北平跑出，到长沙聚齐，住在圣经学校里，大家的情绪只是兴奋而已。记得教授们每天晚上吃完饭，大家聚在一间房子里，一边吃着茶，抽着烟，一边看着报纸，研究着地图，谈论着战事和各种问题。有时一个同事新从北方来到，大家更是兴奋的听他的逃难的故事和沿途的消息。大体上说，那时教授们和一般人一样，只有着战争刚爆发时的紧张和愤慨，没有人想到战争是否可以胜利。既然我们被迫得不能不打，只好打了再说。人们只对于保卫某据点的时间的久暂，意见有些出入，然而即使是最悲观的也没有考虑到战事如何结局的问题。那时我们甚至今天还不大知道明天要做什么事。因为学校虽然天天在筹备开学，我们自己多数人心里却怀着另外一个幻想。我们脑子里装满了欧美现代国家的观念，以为这样的战争，一发生，全国都应该动员起来，自然我们自己也不是例外。于是我们有的等着政府的指示：或上前方参加工作，或在后方从事战时的生产，至少也可以在士兵或民众教育上尽点力，事实证明这个幻想终于只是幻想，于是我们的心理便渐渐回到自己岗位上的工作，我们依然得准备教书，教我们过去所教的书。

　　因为长沙圣经学校校舍的限制，我们文学院是指定在南岳上课的。在这里我们住的房子也是属于圣经学校的。这些房子是在山腰上，前面在我们脚下是南岳镇，后面往山里走，便是那探索不完的名胜了。

　　在南岳的生活，现在想起来，真有"恍如隔世"之感。那时物价还没有开始跳涨，只是在微微的波动着罢了。记得大前门纸烟涨到两毛钱一包的时候，大家曾考虑到戒烟的办法。南岳是个偏僻地方，报纸要两三天以后才能看到，世界注意不到我们，我们也就渐渐不大注意世界了，于是在有规则性的上课与逛山的日程中，大家的生活又慢慢安定下来。半辈子的生活方式，究竟不容易改掉，暂时的扰动，只能使它表面上起点变化，机会一来，它还是要恢复常态的。

讲到同学们，我的印象是常有变动，仿佛随时走掉的并不比新来的少，走掉的自然多半是到前线参加实际战争去的。但留下的对于功课多数还是很专心的。

抗战对中国社会的影响，那时还不甚显著，人们对蒋委员长的崇拜与信任，几乎是没有限度的。在没有读到斯诺的《西行漫记》一类的书的时候，大家并不知道抗战是怎样起来的，只觉得那真是由于一个英勇刚毅的领导，对于这一个人，你除了钦佩，还有什么话可说呢！有一次，我和一位先生谈到国共问题，大家都以为西安事变虽然业已过去，抗战却并不能把国共双方根本的矛盾彻底解决，只是把它暂时压下去了，这个矛盾将来是可能又现出来的。然则应该如何永久彻底解决这矛盾呢？这位先生认为英明神圣的领袖，代表着中国人民的最高智慧，时机来了，他一定会向左靠拢一点，整个国家民族也就会跟着他这样做，那时左右的问题自然就不存在了。现在想想，中国的"真命天子"的观念真是根深蒂固！可惜我当时没有反问这位先生一句："如果领袖不向平安的方向靠，而是向黑暗的深渊里冲，整个国家民族是否也就跟着他那样做呢？"

但这在当时究竟是辽远的事情，当时大家争执得颇为热烈的倒是应否实施战时教育的问题。同学中一部分觉得应该有一种有别于平时的战时教育，包括打靶，下乡宣传之类。教授大都与政府的看法相同：认为我们应该努力研究，以待将来建国之用，何况学生受了训，不见得比大兵打得更好，因为那时的中国军队确乎打得不坏。结果是两派人各行其是，愿意参加战争的上了前线，不愿意的依然留在学校里读书。这一来，学校里的教育便变得单纯的为教育而教育，也就是完全与抗战脱节的教育。在这里我们应该注意：并不是全体学生都主张战时教育而全体教授都主张平时教育，前面说过，教授们也曾经等待过征调，只因征调没有消息，他们才回头来安心教书的。有些人还到南京或武汉去向政府报效过，结果自然都败兴而返。至于在学校里，他们最多的人并不积极反对参加点配合抗战的课程，但一则教育部没有明确的指示，二则学校教育一向与现实生活脱节，要他们炮声一响马上就把教育和现实配合起来，又叫他们如何下手呢？

武汉情势日渐危急，长沙的轰炸日益加剧，学校决定西迁了。一部分男同学组织了步行团，打算从湖南经贵州走到云南。那一次参加步行团的教授除我之外，还有黄子坚，袁复礼，李继侗，曾昭抡等先生。我们沿途并没有遇到土匪，如外面所传说的。只有一次，走到一个离土匪很近的地方，一夜大家紧张戒备，然而也是一场虚惊而已。

那时候，举国上下都在抗日的紧张情绪中，穷乡僻壤的老百姓也都知道要打日本，所以沿途并没有作什么宣传的必要。同人民接近倒是常有的事，但多数人所注意的还是苗区的风俗习惯，服装、语言和名胜古迹等等。

在旅途中同学们的情绪很好，仿佛大家都觉得上面有一个英明的领袖，下面有五百万勇敢用命的兵士抗战，反正是没有问题的。我们只希望到昆明后，有一个能给大家安心读书的环境，大家似乎都不大谈，甚至也不大想政治问题。有时跟辅导团团长为了食宿闹点别扭，也都是很小的事，一般说来，都是很高兴的。

到昆明后，文法学院到蒙自呆了半年，蒙自又是一个世外桃源。到蒙自后，抗战的成绩渐渐露出马脚，有些被抗战打了强心针的人，现在，兴奋的情绪不能不因为冷酷的事实而渐渐低了。

在蒙自，吃饭对于我是一件大苦事，第一，我吃菜吃得咸，而云南的菜淡得可怕，叫厨工每餐饭准备一点盐，他每每又忘记，我也懒得多麻烦，于是天天只有忍痛吃淡菜。第二，同桌是一群著名的败北主义者，每到吃饭时必大发其败北主义的理论，指着报纸得意洋洋说："我说了要败，你看罢！现在怎么样？"他们人多势众，和他们辩论是无用的。这样，每次吃饭对于我简直是活受罪。

云南的生活当然不如北平舒服。有些人的家还在北平，上海或是香港，他们离家太久，每到暑假当然想回去看看，有的人便在这时一去不返了。

等到新校舍筑成，我们搬回昆明。这中间联大有一段很重要的历史，就是在皖南事变时期，同学们在思想上分成了两个堡垒。那年我正休假，在晋宁县住了一年，所以校内的情形不大清楚，只听说有一部分同学离开了学校，但是后来又陆续回来了。

教授的生活在那时因为物价还没有显著的变化，并没有大变动。交通也比较方便，有的教授还常常回北平去看看家里的人。

一般说来，先生和同学那时都注重学术的研究和学习，并不像现在整天谈政治，谈时事。

大学的课程，甚至教材都要规定，这是陈立夫做了教育部长后才有的现象。这些花样引起了教授中普遍的反感。有一次教育部要重新"审定"教授们的"资格"，教授会中讨论到这问题，许多先生，发言非常愤慨，但，这并不意味着反对国民党的情绪。

联大风气开始改变，应该从三十三年算起，那一年政府改三月二十九日为青年节，引起了教授和同学们一致的愤慨。抗战期中的青年是大大的进步了，这在"一二·一"运动中，表现得尤其清楚。那几年同学中跑仰光赚钱的固然有，但那究竟是少数，并且这责任归根究的，还应该由政府来负。

这两年来，同学们对学术研究比较冷淡，确是事实，但人们因此而悲观，却是过虑。政治问题诚然是暂时的事，而学术研究是一个长期的工作。有些人主张不应该为了暂时的工作而荒废了永久的事业，初听这说法很有道理，但是暂时的难关通不过，怎能达到那永久的阶段呢？而且政治上了轨道，局势一安定下来，大家自然会回到学术里来的。

这年头愈是年青的，愈能识大体，博学多能的中年人反而只会挑剔小节，正常青年们昂起头来做人的时候，中年人却在黑暗的淫威面前屈膝了。究竟是谁应该向谁学习？想到这里，我觉得在今天所有的不合理的现象之中，教育，尤其大学教育，是最不合理的。抗战以来八九年教书生活的经验，使我整个的否定了我们的教育，我不知道我还能继续支持这样的生活多久，如果我真是有廉耻的话！

（际戡笔录）

民盟的性质与作风

诸位来宾，今天承诸位光临，给我这个机会，以一个政治团体代表之一的资格向诸位领教。这给予我个人的感觉，除了光荣之外，还有无限的感慨与兴奋。此刻我的心事真是千头万绪，但为了避免浪费诸位的宝贵时间起见，我还是把我的话头尽量限制在少数的几点上谈罢。

首先，我要向诸位说明的，是无党派在中国民主同盟中的地位。刚才李公朴先生向诸位报告过，今天我们百分之八十的盟员是无党无派，但是他还忘记了同样重要的一点，那便是我们最高的领导人张表方老先生也是一个无党无派。在上最高的领导人，在下绝大多数的群众，都是无党无派，这现象说明着，到了今天无党无派确乎是民主同盟的主要力量。而在将来我们组织的发展中，无党无派盟员的数量一定更加扩大，无限度的扩大，所以，无党无派在我们内部，又不只是今天起着决定作用，而且恐怕永远要起着决定作用。

这是一件有趣的事，对内我们是无党无派，而对外我们又是有党有派，无党无派，因为我们昨天不问政治，有党有派，因为我们今天在问着政治，从不问政治到问政治，从无党无派到异承认习惯是不可改变的。我的性格，喜欢走极端，我对一切旧的东西都反对，希望最好一点也不要留。我所以赞成田间的诗，原因也在这里，因为他把旧腔调摆脱得最干净。这种极端的感情，也许是近二十年来钻进旧圈子以后的彻底的反感，说不定过分了一点，但暂时我还愿意坚持我的意见。（L记）

原载三十六年三月二十四日《文汇报》

诗与批评

　　什么是诗呢？我们谁能大胆地说出什么是诗呢？我们谁能大胆地决定什么是诗呢？不能！有多少人是曾对于诗发表过意见，但那意见不一定是合理的，不一定是真理；那是一种个人的偏见，因为是偏见，所以不一定是对的。但是，我们怎样决定诗是什么呢？我以为，来测度诗的不是偏见，应该是批评。

　　对于"什么是诗"的问题，有两种对立的主张：

　　有一种人以为："诗是不负责的宣传。"

　　另一种人以为："诗是美的语言。"

　　我们念了一篇诗，一定不会是白念的，只要是好诗，我们念过之后就受了他的影响：诗人在作品中对于人生的看法影响我们，对于人生的态度影响我们，我们就是接受了他的宣传。诗人用了文字的魔力来征服他的读者，先用了这种文字的魅力使读者自然地沉醉，自然地受了催眠，然后便自自然然的接受了诗人的意见，接受了他的宣传。这个宣传是有如何的效果呢？诗人不问这个，因为他的宣传是不负责的宣传。诗人在作品里所表示的意见是可靠的吗？这是不一定的，诗人有他自己的偏见，偏见是不一定对的，好些人把诗人比做疯子，疯子的意见怎么能是真理呢？实在，好些诗人写下了他的诗篇，他并不想到有什么效果，他并不为了效果而写诗，他并不为了宣传而写诗，他是为写诗而写诗的；因之，他的诗就是一种不负责的东西了，不负责的东西是好的吗？这是一个很重要的问题，所以，第一种主张就侧重在这种宣传的效果方面，我想，这是一种对于诗的价值论者。

好些人念一篇诗时是不理会它的价值的，他只吟味于词句的安排，惊喜于韵律的美妙：完全折服于文字与技巧中。这种人往往以为他的态度仅止于欣赏，仅止于享受而已，他是为念诗而念诗。其实这是不可能的事，在文字与技巧的魅力上，你并不只享受于那份艺术的功力，你会被征服于不知不觉中，你会不知不觉的为诗人所影响，所迷惑。对于这种不顾价值，而只求感受舒适的人，我想他们是对于诗的效率论者。

这两种态度都不是对的。因为单独的价值论或是效率论都不是真理。我以为，从批评诗的正确的态度上说，是应该二者兼顾的。

柏拉图在他的《理想国》中赶走了诗人，因为他不满意诗人。他是一个极端的价值论者，他不满意于诗人的不负责的宣传。一篇诗作是以如何残忍的方式去征服一个读者。诗篇先以美的颜面去迷惑了一个读者，叫他沉迷于字面，音韵，旋律，叫他为了这些而奉献了自己，然而又以诗人的偏见深深烙印在读者的灵魂与感情上，然而这是一个如何的烙印——不负责的宣传已是诗的顶大的罪名了，我们很难有法子让诗人对于他的宣传负责（诗人是否能负责又是一个问题）。这样一来，为了防范这种不负责的宣传，我们是不是可以不要诗了呢？不行，我们觉得诗是非要不可，诗非存在不可的。既然这样，所以我们要求诗是"负责的宣传"。我们要求诗人对他的作品负责，但这也许是不容易的事，因之，我们想得用一点外力，我们以社会使诗人负责。

负责的问题成为最重要的了，我们为了诗的光荣存在而辩护，所以不能不要求诗的宣传作用是负责的，是有利益于社会的。我们想，若是要知道这宣传是否负责而用新闻检查的方式，实在是可笑的，我们不能用检查去了解，我们要用批评去了解；目前的诗著作是可用检查的方式限制的，但这限制至少对于古人是无用的；而且事实上有谁会想出这种类似焚书坑儒的事来折磨我们的诗人呢？我想应该不会，在苏联和别的国家也许用一种方法叫诗人负责，方法很简单，就是，拉着诗人的鼻子走，如同牵牛一样，政府派诗人做负责的诗，一个纪念，叫诗人做诗，一个建筑落成，叫诗人做诗，这样，好些"诗"是给写出来了，但结果，在这种方式下产生出来的作品，只是宣传品而不是诗了，既不是诗，宣传的力量也就小了或甚至没有了，最后，这些东西既不是诗又不是宣传品，则什么都不是了，我们知道马也可夫斯基写过诗，也写过宣传品，后来他自杀了，谁知道他为什么自杀呢？所以我想，拉着诗人的鼻子走的方式并不是好的方式。

政府是可以指导思想的。但叫诗人负责，这不是政府做得到的；上边我说，我们需要一点外力，这外力不是发自政府，而是发自社会，我觉得去测度诗的是否为负责的宣传的任务不是检查所的先生完成得了的，这个任务，应该交给批评家。

每个诗人都有他独特的性格，作风，意见与态度，这些东西会表现在作品里。一个读者要只单选上一位诗人的东西读，也许不是有益而且有害的，因为，我们无法担保这个诗人是完全对的，我们一定要受他的影响，若他的东西有了毒，是则我们就中毒了。鸡蛋是一种良好的食品，既滋补而又可口，但据说吃多了是有毒的，所以我们不能天天只吃鸡蛋，我们要吃别的东西。读诗也一样，我觉得无妨多读，从庞乱中，可以提取养料来补自己，我们可以读李白、杜甫、陶潜、李商隐、莎士比亚、但丁、雪莱，甚至其他的一切诗人的东西，好些作品混在一起，有毒的部分抵消了，留下滋养的成分；不负责的部分没有了，留下负责的成分。因为，我们知道凡是能够永远流传下去的东西，差不多可以说是好的，时间和读者会无情地淘汰坏的作品。我以为我们可以有一个可靠的选本，让批评家精密地为各种不同的人选出适于他们的选本，这位批评家是应该懂得人生，懂得诗，懂得什么是效率，懂得什么是价值的这样一个人。

我以为诗是应该自由发展的。什么形式什么内容的诗我们都要。我们设想我们的选本是一个治病的药方，那末，里面可以有李白，有杜甫，有陶渊明，有苏东坡，有歌德，有济慈，有莎士比亚；我们可以假想李白是一味大黄吧，陶渊明是一味甘草吧，他们都有用，我们只要适当的配合起来，这个药方是对以治病的。所以，我们与其去管诗人，叫他负责，我们不如好好的找到一个批评家，批评家不单可以给我们以好诗，而且可以给社会以好诗。

历史是循环的，所以我现在想提到历史来帮助我们了解我们的时代，了解时代赋予诗的意义，了解我们批评诗的态度。封建的时代我们看得出只有社会，没有个人，《诗经》给他们一个证明。《诗经》的时代过去了，个人从社会里边站出来，于是我们发觉《古诗十九首》实在比《诗经》可爱，《楚辞》实在比《诗经》可爱。因为我们自己现在是个人主义社会里的一员，我们所以喜爱那种个人的表现，我们因之觉得《古诗十九首》比《诗经》对我们亲切。《诗经》的时代过去了之后，个人主义社会的趋势已经非常明显了。而且实实在在就果然进到了个人主义社会。这时候只有个人，没有社会。个人是耽沉于自己的享乐，忘记社会，个人是觅求"效率"以增加自己愉悦的感受，忘记自己以外的人群。陶渊明时代有多少人过极端苦难的日子，但他不管，他为他自己写下他闲逸的诗篇。谢灵运一样忘记社会，为自己的愉悦而玩弄文字——当我们想到那时别人的苦难，想着那幅流民图，我们实实在在觉得陶渊明与谢灵运之流是多么无心肝，多么该死——这是个人主义发展到极端了，到了极端，即是宣布了个人主义的崩溃，灭亡。杜甫出来了，他的笔触到广大的社会与人群，他为了这个社会与人群而同其欢乐，同其悲苦，他为社会与人群而振呼。杜甫之后有了白居易，白居易不单是把笔濡染着社会，而且他为当前的事物提出他的主张与见解。诗人从个人的圈子走出来，从小我而走向大我，《诗经》时代只有社会，没有个人，再进而只有个人没有社会，进到这时候，已经是成为了个人社会（Individual society）了。

到这里，我应提出我是重视诗的社会的价值了。我以为不久的将来，我们的社会一定会发展成为 Society of lndividual, Individu- al for Society（社会属于个人，个人为了社会）的。诗是与时代同其呼吸的，所以，我们时代不单要用效率论来批评诗，而更重要的是以价值论诗了，因为加在我们身上的将是一个新时代。

诗是要对社会负责了，所以我们需要批评。《诗经》时代何以没有批评呢？因为，那些作品都是负责的，那些作品没有"效率"，但有"价值"，而且全是"教育的价值"，所以不用批评了（自然，一篇实在没有价值的东西也可以"说"得出价值来的，对这事我们可以不必论及了）。个人主义时代也不要批评，因为诗就只是给自己享受享受而已，反正大家标准一样，批评是多余的；那时候不论价值，因为效率就是价值（诗话一类的书就只在谈效率，全不能算是批评）。但今天，我们需要批评，而且需要正确而健康的批评。

春秋时代是一个相当美好的时代，那时候政治上保持一种均势。孔子删诗，孔子对于诗作过最好的，最合理的批评。在《左传》上关于诗的批评我认为是对的，孔子注重诗的社会价值。自然，正确的批评是应该兼顾到效率与价值的。

从目前的情形看，一般都只讲求效率了，而忽视了价值，所以我要大声疾呼请大家留心价值。有人以为着重价值就会忽略了效率，就会抹煞了效率。我以为不会。这种担心是多余的。我们不要以为效率会被抹煞，只要看看普遍的情形。我们不是还叫读诗叫欣赏诗吗？我们不是还很重视于字句声律这些东西吗？社会价值是重要的，我们要诗成为"负责的宣传"，就非得着重价值不可，因为价值实在是被"忽视"了。

诗是社会的产物。若不是于社会有用的工具，社会是不要他的，诗人掘发出了这原料，让批评家把它做成工具，交给社会广大的人群去消化。所以原料是不怕多的，我们什么诗人都要，什么样的诗都要，只要制造工具的人技术高，技术精。

我以为诗人有等级的，我们假设说如同别的东西一样分做一等二等三等，那么杜甫应该是一等的，因为他的诗博大。有人说黄山谷、韩昌黎、李义山等都是从杜甫来的，那么杜甫是包罗了这么多"资源"，而这些资源大部是优良的美好的，你只念杜甫，你不会中毒；你只念李义山就糟了，你会中毒的，所以李义山只是二等诗人。陶渊明的诗是美的，我以为他诗里的资源是类乎珍宝一样的东西，美丽而没有用，是则陶渊明应在杜甫之下了。

所以，我们需要懂得人生，懂得什么是效率，懂得诗，懂得什么是价值的批评家为我们制造工具，编制选本，但是，谁是批评家呢？我不知道。

原载三十三年九月一日重庆出版李一痕
主编之《火之源丛刊》第二三集合刊

艾青和田间

（这是闻一多先生在去年昆明的诗人节纪念会上的讲演，在这讲演之前，两位联大的同学朗诵了艾青的《向太阳》和田间的《自由向我们来了》,《给战斗者》，听众们都很激动，接下来，闻先生说：）

一切的价值都在比较上，看出来。

（他念了一首赵令仪的诗，说：）

这诗里是些什么山茶花啦，胸脯啦，这一套讽刺战斗，粉刷战斗的东西，这首描写战争的诗，是歪曲战争，是反战，是把战争的情绪变转，缩小。这也正是常任侠先生所说的鸳鸯蝴蝶派。（笑）

几乎每个在座的人都是鸳鸯蝴蝶派。（笑）

我当年选新诗，选上了这一首，我也是鸳鸯蝴蝶派。（大笑）

艾青当然比这好。他表现人民及战争，用我们知识分子最心爱的，崇拜的东西与装饰，去理想化。如《向太阳》这首诗里面，他用浪漫的幻想，给现实镀上金，但对赤裸裸的现实，他还爱得不够。我们以为好的东西的里面，往往也有坏的东西。

如在太阳下的死，是 Sentimental 的，是感伤的，我们以为是诗的东西都是那个味儿。（笑）

我们的毛病在于眼泪啦，死啦。用心是好的，要把现实装扮出来，引诱我们认识它，爱它，却也因此把自己的狐狸尾巴露出来了。

这一些，田间就少了，因此我们也就不大能欣赏。

胡风评田间是第一个抛弃了知识分子灵魂的战争诗人，民众诗人。他没有那一套泪和死。但我们，这一套还留得很多，比艾青更多。我们能欣赏艾青，不能欣赏田间，因为我们跑不了那么快。今天需要艾青是为了教育我们进到田间，明天的诗人。但田间的知识分子气，胡风说抛弃了，我看也没有完全抛弃。如"自由向我们来了"，为什么我们不向自由去呢？艾青说"太阳滚向我们"，为什么我们不滚向太阳呢？（笑，鼓掌。）

艾青的《北方》写乞丐，田间的一首诗写新型的女人，因为田间已是新世界中的一个诗人。我们不能怪我们不欣赏田间：因为我们生在旧社会中，我们只看到乞丐，新型的女人我们没有看到过。

有人谩骂田间，只是他们无知。

关于艾青，田间的话很多，时间短，讲到这儿为止。

原载《联合晚报·诗歌与音乐》
第二期三十五年六月二十二日

泰果尔批评

　　听说 Sir Rabindranath Tagore 快到中国来了。这样一位有名的客人来光临我们，我们当然是欢迎不暇的了。我对客人来表示了欢迎之后，却有几句话要向我们自己——特别是我们文学界——讲一讲。

　　无论怎样成功的艺术家，有他的长处，必有他的短处。泰果尔也逃不出这条公例。所以我们研究他的时候，应该知所取舍。我们要的是明察的鉴赏，不是盲目的崇拜。

　　哲学本不宜入诗，哲理诗之难于成为上等的文艺正因这个原故。许多的人都在这上头失败了。泰果尔也曾拿起 U1-ysses 的大弓尝试了一番，他也终于没有弯得过来。国内最流行的《飞鸟》，作者本来就没有把它当诗做；（这一部格言，语录和"寸铁诗"是他游历美国时写下的。PhiladelphiaPublic Leder 的记者只说"从一方面讲这些飞鸟是些微小的散文诗"，因为它们暗示日本诗的短小与轻脆。）我们姑且不必论它。便是那赢得诺贝奖的《偈檀迦利》和那同样著名的《采果》，其中也有一部分是诗人理智中的一些概念，还不曾通过情感的觉识。这里头确乎没有诗。谁能把这些哲言看懂了，他所得到的不过是猜中了灯谜的胜利的欢乐，决非审美的愉快。这一类的千熬百炼的哲理的金丹正是诗人自己所谓。

　　Life's harvest mellows into golden wisdom.

　　然而诗家的主人是情绪，智慧是一位不速之客，无须拒绝，也不必强留。至于喧宾夺主却是万万行不得的！

《偈檀迦利》同《采果》里又有一部分是平凡的祷词。我不怀疑诗人祈祷时候的心境最近于 ecsracy ,ecstacy 是情感的最高潮，然我不能承认这些是好诗。推其理由，也极浅鲜。诗人与万有冥交的时候，已先要摆脱现象，忘弃肉体之存在，而泯没其自我于虚无之中。这种时候，一切都没有了，那里还有语言，更那里还有诗呢？诗人在别处已说透了这一层秘密——他说上帝的面前他的心灵 vainly struggles for avoice。从来赞美诗（hymns）中少有佳作，正因作者要在"入定"期中说话；首先这种态度就不诚实了，讲出的话，怎能感人呢？若择定在准备"入定"之前期或回忆"入定"之后期为诗中之时间，而以现象为其背景，那便好说话了，因为那样才有说话的余地。

泰果尔的文艺的最大的缺憾是没有把捉到现实。文学是生命的表现，便是形而上的诗也不外此例。普遍性是文学的要质而生活中的经验是最普遍的东西，所以文学的宫殿必须建在生命的基石上。形而上学惟其离生活远，要它成为好的文学，越发不能不用生活中的经验去表现。形而上的诗人若没有将现实好好的把捉住，他的诗人的资格恐怕要自行剥夺了。

印度的思想本是否定生活的，严格讲来，不宜于艺术的发展。泰果尔因为受了西方文化的陶染，他的思想已经不是标准的印度思想了。他曾宣言了——Deliveranse is not for mein renunciation，然而西方思想究竟是在浮面粘贴着，印度的根性依然藏伏在里边不曾损坏。他怀慕死亡的时候，究竟比歌讴生命的时候多些。从他的艺术上看来，他在这世界里果然是一个生疏的旅客。他的言语，充满了抽象的字样，是另一个世界的方言，不像我们这地球上的土语。他似乎不大认识我们的环境与风俗，因为他提到这些东西的时候，只是些肤浅的观察，而且他的意义总是难得捉摸。总而言之，他的举止吐属，无一样不现着 outlandish，无怪乎他常感着

homesick······for the one sweet hour across the seaoftime.

因为他不曾明白地讲过吗？

Icame to your shore as a stranger, I lived in yourhouse as a guest······my earth.

泰果尔虽然爱好自然，但他爱的是泛神论的自然界。他并不爱自然的本身，他所爱的是 the simple meaning of thywhisper in showers and sunshine，是 God's power······in thegentle breeze，是鸟翼，星光同四季的花卉所隐藏着的，theunseen way。人生也不是泰果尔的文艺的对象，只是他的宗教的象征。穿

绛色衣服的行客，在床上寻找花瓣的少女，仆人或新妇在门口伫望主人回家，都是心灵向往上帝的象征；一个老人坐在小船上鼓瑟，不是一个真人，乃是上帝的原身。诗人的"父亲"，"主人"，"爱人"，"弟兄"，"朋友"都不是血肉做的人，实在便是上帝。泰果（戈）尔记载了一些自然的现象，但没有描写他们；他只感到灵性的美；而不赏识官觉的美。泰果尔摘录了些人生的现象，但没有表现出人生中的戏剧；他不会从人生中看出宗教，只用宗教来训释人生。把这些辨别清楚了，我们便知道泰果尔何以没有把捉住现实；由此我们又可以断言诗人的泰果尔定要失败，因为前面已经讲过，文学的宫殿必须建在现实的人生的基石上。果然我们读《偈檀迦利》，《采果》，《园丁》，《新月》等，我们仿佛寄身在一座云雾的宫阙里，那里只有时隐时现，似人非人的生物。我们初到时，未尝不觉得新奇可喜；然而待久一点，便要感着一种可怕的孤寂，这时我们渴求的只是与我们同类的人，我们要看看人的举动，要听听人的声音，才能安心。我们在泰果尔的世界里要眷念着我们的家乡，犹之泰果尔在我们的地球上时时怀想他的故土一样。

多半时候泰果尔只能诉于我们的脑经，他常常能指点出一个出人意外入人意中的真理来。但是他并不能激动我们的情绪，使我们感觉到生活的溢流。这也是没有把捉住人生的结果。他若是勉强弹上了情绪之弦，他的音乐不失之于渺茫，便失之于纤弱。渺茫到了玄虚的时候，便等于没有音乐！纤弱的流弊能流于感伤主义。我们知道做《新月》的泰果尔很能了解儿童，却不料他自己竟变成一个儿童了，因为感伤主义正是儿童与妇女的情绪。（写到这里，我记起中国最善学泰果尔的是一个女作家；必是诗人的作品中女性的成分才能引起女人的共鸣。）泰果尔的诗是清淡，然而太清淡，清淡到空虚了；泰果尔的诗是秀丽，然而太秀丽，秀丽到纤弱了。Mr. John Macy 批评《园丁》里一首诗讲道：（it）wouldbe faindy impressive if Walt Whitman hadnever lived，我们也可以讲若是李杜没有生，韦孟也许可以作中国的第一流诗人了。

在艺术方面泰果尔更不足引人入胜。他是个诗人，而不是个艺术家。他的诗是没有形式的。我讲这一句话恐怕又要触犯许多人的忌讳。但是我不能相信没有形式的东西怎能存在，我更不能明了若没有形式艺术怎能存在！固定的形式不当存在；但是那和形式的本身有什么关系呢？我们要打破一个固定的形式，目的是要得到许多变异的形式罢了。泰果尔的诗不但没有形式，而且可说是没有廓线。因为这样，所以单调成了它的特性。我们试读他的全部的诗集，从头到尾，都仿佛不成形体，没有色彩的 amoeba 式的东西。我们还要记好这是些抒情的诗。别种的诗若是可以离形体而独立，抒情诗是万万不能的。Walter Pater 讲了："抒情诗至少从艺术上讲来是最高尚最完美的诗体，因为我们不能使其形式与内容分离而不影响其内容之本身。"

泰果尔的诗之所以伟大是因为他的哲学，论他的艺术实在平庸得很。他在欧洲的声望也是靠他诗中的哲学赢来的。至于他的知音夏芝所以赏识他，有两种潜意识的私人的动机，也不必仔细去讲它。但是我们要估定泰果尔的真价值，就不当取欧洲人的态度或夏芝的态度，也不当因为作者与自己同是东方人，又同属于倒霉的民族而受一种感伤作用的支配；我们但当保持一种纯客观的，不关心的 disinterested 态度。若真能用这种透视法去观赏泰果尔的艺术，我想我们对于这位诗人的价值定有一番新见解。于今我们的新诗已够空虚，够纤弱，够偏重理智，够缺乏形式的了，若再加上泰果尔的影响，变本加厉，将来定有不可救药的一天。希望我们的文学界注意。

什么是九歌

一、神话的九歌

传说中九歌本是天乐。赵简子梦中升天所听到的"广乐九奏万舞"，即《九歌》与配合着《九歌》的韶舞。(《离骚》"奏九歌而舞韶兮"。)《九歌》自被夏后启偷到人间来，一场欢宴，竟惹出五子之乱而终于使夏人亡国。这神话的历史背景大概如下。《九歌》韶舞是夏人的盛乐，或许只郊祭上帝时方能使用。启曾奏此乐以享上帝，即所谓钧台之享。正如一般原始社会的音乐，这乐舞的内容颇为猥亵。只因原始生活中，宗教与性爱颇不易分，所以虽猥亵而仍不妨为享神的乐。也许就在那次郊天的大宴享中，启与太康父子之间，为着有仍二女（即"五子之母"）起了冲突。事态扩大到一种程度，太康竟领着弟弟们造起反来，结果敌人——夷羿乘虚而入，把夏灭了。（关于此事，另有考证。）启享天神，本是启请客。传说把启请客弄成启被请，于是乃有启上天作客的故事。这大概是因为所谓"启宾天"的"宾"字，(《天问》"启棘宾商"即宾天，《大荒西经》"开上三嫔于天"，嫔宾同。)本有"请客"与"作客"二义，而造成的结果。请客既变为作客，享天所用的乐便变为天上的乐，而奏乐享客也就变为作客偷乐了。传说的错乱大概只在这一点上。其余部分说启因《九歌》而亡国，却颇合事实。我们特别提出这几点，是要指明《九歌》最古的用途及其带猥亵性的内容，因为这对于下文解释《楚辞·九歌》是颇有帮助的。

二、经典的九歌

《左传》两处以九歌与八风，七音，六律，五声连举（昭二十年，二十五年），看去似乎九歌不专指某一首歌，而是歌的一种标准体裁。歌以九分，犹之风以八分，音以七分，……那都是标准的单位数量，多一则有余，少一则不足。歌的可能单位有字，句，章三项。以字为单位者又可分两种。（一）每句九字，这句法太长，古今都少见。（二）每章九字，实等于章三句，句三字。这句法又嫌太短。以上似乎都不可能。若以章为单位，则每第九章，连《诗经》里都少有。早期诗歌似乎不能发展到那样长的篇幅，所以也不可能。我们以为最早的歌，如其是以九为标准的单位数，那单位必定是句——便是三章，章三句，全篇共九句。不但这样篇幅适中，可能性最大，并且就"歌"字的意义看，"九歌"也必须是每歌九句。"歌"的本音应与今语"啊"同，其意义最初也只是唱歌时每句中或句尾一声拖长的"啊……"（后世歌辞多以兮或猗，为，我，平等字拟其音。）故《尧典》曰"歌永言"，《乐记》曰"故歌之为言也，长言之也"。然则"九歌"即九"啊"。九歌是九声"啊"，而"啊"又必在句中或句尾，则九歌必然是九句了。《大风歌》三句共三用"兮"字，《史记·乐书》称之为"三侯之章"，兮侯音近，三侯犹言三兮。《五噫诗》五句，每句末于"兮"下复缀以"噫"，全诗共用五"噫"字，因名之曰"五噫"。九歌是九句，犹之三侯是三句，五噫是五句，都是可由其篇名推出的。

全篇九句即等于三章章三句。《皋陶谟》载有这样一首歌。（下称《元首歌》）

元首起哉！股肱喜哉！百工熙哉！

元首明哉！股肱良哉！庶事康哉！

元首丛脞哉！股肱惰哉！庶事堕哉！'

唐立庵先生根据上文"箫韶九成""帝用作歌"二句，说它便是《九歌》。这是很重要的发现。不过他又说即《左传》文七年郤缺引《夏书》"戒之用休，董之用威，劝之以九歌，勿使坏"之九歌，那却不然。因为上文已证明过，书传所谓九歌并不专指某一首歌，因之《夏书》"劝之以九歌"只等于说"劝之以歌"。并且《夏书》三句分指礼，刑，乐而言，三"之"字实谓在下的臣民，而《元首歌》则分明是为在上的人君和宰辅发的。实则《元首歌》是否即《夏书》所谓九歌，并不重要，反正它是一首典型的《九歌》体的歌（因为是九句），所以尽可称为《九歌》。

和《元首歌》格式相同的，在《国风》里有《麟之趾》《甘棠》《采葛》《著》《素冠》等五篇。这些以及古今任何同类格式的歌，实际上都可称为《九歌》。（就这意义说，九歌又相当于后世五律，七绝诸名词。）九歌既是表明一种标准体裁的公名，则神话中带猥亵性的启的九歌，和经典中教诲式的《元首歌》，以及《夏书》所称而郤缺所解为"九德之歌"的九歌，自然不妨都是九歌了。

神话的九歌，一方面是外形固守着僵化的古典格式，内容却在反动的方向发展成教诲式的"九德之歌"一类的九歌，一方面是外形几乎完全放弃了旧有的格局，内容则仍本着那原始的情欲冲动，经过文化的提炼作用，而升华为飘然欲仙的诗——那便是《楚辞》的《九歌》。

三、"东皇太一""礼魂"

何以是迎送神曲

前人有疑《礼魂》为送神曲的，近人郑振铎、孙作云、丁山诸氏又先后一律主张《东皇太一》是迎神曲。他们都对，因为二章确乎是一迎一送的口气。除这内在的理由外，我们现在还可举出一般祭歌形式的沿革以为旁证。

迎神送神本是祭歌的传统形式，在《宋书·乐志》里已经讲得很详细了。再看唐代多数宗庙乐章，及一部分文人作品，如王维《祠渔山神女歌》等，则祭歌不但必须具有迎送神曲，而且有时只有迎送神曲。迎送的仪式在祭礼中的重要性于此可见了。本篇既是一种祭歌，就必须含有迎送神的歌曲在内，既有迎送神曲，当然是首尾两章。这是常识的判断，但也不缺少历史的证例。以内容论，汉《郊祀歌》的首尾两章——《练时日》与《赤蛟》相当于《九歌》的《东皇太一》与《礼魂》，（参看原歌便知。）谢庄又仿《练时日》与赤蛟作宋《明堂歌》的首尾二章，（《宋书·乐志》："迎送神歌，依汉《郊祀》三言四句一转韵。"）而直题作《迎神歌》，《送神歌》。由《明堂歌》上推《九歌》，《东皇太一》与《礼魂》是迎送神曲，是不成问题的。

或疑《九歌》中间九章也有带迎送意味，甚至明出迎送字样的，(《湘夫人》"九嶷缤兮并迎，《河伯》"送美人兮南浦"。)怎见九章不也有迎送作用呢？答：九章中的迎送是歌中人物自相迎送，或对假想的对象迎送，与二章为致祭者对神的迎送迥乎不同，换言之，前者是粉墨登场式的表演迎送的故事，后者是实质的迎送的祭奠。前人混为一谈，所以纠缠不清。

除去首尾两章迎送神曲，中间所余九章大概即《楚辞》所谓《九歌》。《九歌》本不因章数而得名，已详上文。但因文化的演进，文体的篇幅是不能没有扩充的。上古九句的《九歌》，到现在——战国，涨大到九章的《九歌》，乃是必然的趋势。

四、被迎送的神只有东皇太一

《东皇太一》既是迎神曲，而歌辞只曰"穆将愉兮上皇"（上皇即东皇太一)，那么辞中所迎的，除东皇太一外，似乎不能再有别的神了。《礼魂》是作为《东皇太一》的配偶篇的送神曲，这里所送的，理论也不应超出先前所迎的之外。其实东皇太一是上帝，祭东皇太一即郊祀上帝。只有上帝才够得上受主祭者楚王的专程迎送。其他九神论地位都在王之下，所以典礼中只为他们设享，而无迎送之礼。这样看来，在理论原则上，被迎送的又非只限于东皇太一不可。对于九神，既无迎送之礼，难怪用以宣达礼意的迎送神的歌辞中，绝未提及九神。

但请注意：我们只说迎送的歌辞，和迎送的仪式所指的对象，不包括那东皇太一以外的九神。实际上九神仍不妨和东皇太一同出同进，而参与了被迎送的经验，甚至可以说，被"饶"给一点那样的荣耀。换言之，我们讲九神未被迎送，是名分上的未被迎送，不是事实的。谈到礼仪问题，当然再没有比名分观念更重要的了。超出名分以外的事实，在礼仪的精神下，直可认为不存在。因此，我们还是认为未被迎送，而祭礼是专为皇太一设的。

五、九神的任务及其地位

祭礼既非为九神而设，那么他们到场是干什么的？汉《郊祀歌》已有答案："合好效欢虞太一，……《九歌》毕奏斐然殊。"《郊祀歌》所谓"九歌"可能即《楚辞》十一章中之九章之歌（详下），九神便是这九章之歌中的主角，原来他们到场是为着"郊欢"以"虞太一"的。这些神道们——实际是神所"凭依"的巫们——按照各自的身分，分班表演着程度不同的哀艳的，或悲壮的小故事，情形就和近世神庙中演戏差不多。不同的只是在当时，戏是由小神们做给大神瞧的，而参加祭礼的人们是沾了大神的光而得到看热闹的机会；现在则专门给小神当代理人的巫既变成了职业戏班，而因尸祭制度的废弃，大神只是一只"土木形骸"的偶像，并看不懂戏，于是群众便索兴把他撇开，自己霸占了戏场而成为正式的观众了。

　　九神之出现于祭场上，一面固是对东皇太一"效欢"，一面也是以东皇太一的从属的资格来受享。效欢时是立于主人的地位替主人帮忙，受享时则立于客的地位作陪客。作陪凭着身份（二三等的神），帮忙仗着伎能（唱歌与表情）。九神中身份的尊卑既不等，伎能的高下也有差，所以他们的地位有的作陪的意味多于帮忙，有的帮忙的意味多于作陪。然而作陪也是一种帮忙，而帮忙也有吃喝（受享），所以二者又似可分而不可分。

六、二章与九章

　　因东皇太一与九神在祭礼中的地位不同，所以二章与九章在十一章中的地位也不同。在说明这两套歌辞不同的地位时，可以有宗教的和艺术的两种相反的看法。就宗教观点说，二章是作为祭歌主体的迎送神曲，九章即真正的《九歌》，只是祭歌中的插曲。插曲的作用是凑热闹，点缀场面，所以可多可少，甚至可有可无。反之，就艺术观点说，九章是十一章中真正的精华，二章则是传统形式上一头一尾的具文。《楚辞》的编者统称十一章为"九歌"，是根据艺术观点，以中间九章为本位的办法。《楚辞》是文艺作品的专集，编者当然只好采取这种观点。如果他是《郊祀志》的作者，而仍采用了这样的标题，那便犯了反客为主和舍己从人的严重错误，因为根据纯宗教的立场，十一章应改称"楚《郊祀歌》"，或更祥明点，"楚郊祀乐皇太一《乐歌》"，而《九歌》这称号是只应限于中间的九章插曲。或许有人要说，启享天神的乐称《九歌》，《楚辞》概称祀东皇太一的全部乐章为《九歌》，只是沿用历史的旧名，并没有什么重视《九歌》艺术性的立场在背后。但他忘记诸书谈到启奏《九歌》时不满的态度。不是还说启因此亡国吗？须知说启奏《九歌》以享天神，是骂他胡闹，不应借了祭天的手段来达其"康娱而自纵"（《离骚》）的目的，所以又说"章闻于天，天用弗式。"（《墨子·非乐篇》引《武观》）他们言外之意，祭天自有规规矩矩的音乐，那太富娱乐性的《九歌》是不容搀进祭礼来以亵渎神明的。他们反对启，实即反对《九歌》，反对《九歌》的娱乐性，实即承认了它的艺术性。在认识《九歌》的艺术性这一点上，他们与《楚辞》的编者没有什么不同，不过在运用这认识的实践行为上，他们是凭那一点来攻击启，《楚辞》的编者是凭那一点来欣赏文艺而已。

七、九章的再分类

不但十一章中，二章与九章各为一题，若再细分下去，九章中，前八章与后一章（《国殇》）又当分为一类。八篇所代表的日，云，星（指司命，详后），山，川一类的自然神，（《史记·留侯世家》"学者多言无鬼神，然言有物"，物即自然神。）依传统见解，仿佛应当是天神最贴身的一群侍从。这完全是近代人的想法。在宗教史上，因野蛮人对自然现象的不了解与畏惧，倒是自然神的崇拜发生得最早。次之是人鬼的崇拜，那是在封建型的国家制度下，随着英雄人物的出现而产生的一种宗教行为。最后，因封建领主的逐渐兼并，直至大一统的帝国政府行将出现，像东皇太一那样的一神教的上帝才应运而生。八章中尤其《湘君》《湘夫人》等章的猥亵性的内容（此其所以为淫祀），已充分暴露了这些神道的原始性和幼稚性。（苏雪林女土提出的人神恋爱问题，正好说明八章宗教方面的历史背景，详后。）反之，《国殇》却代表进一步的社会形态，与东皇太一的时代接近了。换言之，东君以下八神代表巫术降神的原始信仰，《国殇》与东皇太一则是进步了的正式宗教的神了；我们发觉国殇与东皇太一性质相近的种种征象，例如祭国殇是报功，祭东皇太一是报德，国殇在祀家的系统中当列为小祀，东皇太一列为大祀等等都是。这些征象都是国殇与东皇太一贴近，同时也使他去八神疏远。这就是我们将九章又分为八神与《国殇》二类的最雄辩的理由。甚至假如我们愿走极端，将全部十一章分为二章（《东皇太一》，《礼魂》，一章（《国殇》），与八章三个子列的大类，似亦无不可，我们所以不那样做，是因为那太偏于原始论的看法。在历史上，东皇太一，国殇，与八神虽发生于三个不同的文化阶段，而各有其特殊的属性，但那究竟是历史。在《九歌》的时代，国殇恐怕已被降级而与八神同列了。至少楚国制定乐章的有司，为凑足九章之歌的数目以合传统《九歌》之名，已决意将国殇排入八神的班列，而让他在郊祀东皇太一的典礼里，分担着陪祀意味较多的助祀的工作。（看歌辞八章与《国殇》）皆转韵，属于同一型类，制定乐章者的意向益明。）他这安排也许有点牵强，但我们研究的是这篇《九歌》，我们的任务是了解制定者用意，不是修改他的用意。这是我们不能不只认八章与《国殇》为一大类中之两小类的另一理由。

八、"赵代秦楚之讴"

《汉书·礼乐志》曰：

武帝定郊祀之礼，词太一于甘泉，……乃立乐府，采诗夜诵，有赵、代、秦、楚之讴。以李延年为协律都尉，多举司马相如等数十人造为诗赋，略论律吕，以合八音之调，作为十九章之歌。以正月上辛用事圜丘，使童男女七十人俱歌，昏祠至明。

"有赵、代、秦、楚之讴"对我们是一句极关重要的话，因为经我们的考察，九章之歌所代表诸神的地理分布，恰恰是赵、代、秦、楚。现在即依这国别的顺序，逐条分述如下：

1.《云中君》罗膺中先生曾据"览冀州兮有余"及《史记·封禅书》"晋巫祠五帝东君、云中君，……"之语，说云中即云中郡之云中。这是一个重要的发现。云中是赵地，（《史记·赵世家》："武灵王……欲从云中、九原直南袭秦。"）赵是三晋之一，正当古冀州城。

2.《东君》依照以东方殷民族为中心的汉族本位思想，日神羲和是女性，（《大荒南经》"有女子名羲和，……帝俊之妻，生十日，"《七发》"神归日母"。）但《九歌》的日神东君是男性，（《九歌》诸神凡称君和皆男性。）可能他是一位客籍的神。《史记·赵世家》索隐引谯周曰"余尝闻之，代俗以东西阴阳所出入，宗其神谓之王母父，"阴阳指日月，（《大戴记·曾子天圆篇》"阳之精气日神，阴之精气月灵"。）似乎以日为阳性的男神，本是代俗。据

《封禅书》，东君也是晋巫所祠，代地本近晋，古本歌辞次第，《东君》在《云中君》前，（今本错置，详掘著《楚辞校补》。）是以二者相次为一组的。《史记·封禅书》及《索隐》引《归藏》亦皆东君、云中君连称。这种排列，大概是依农业社会观念，象征着两个对立的重要自然现象——晴与雨的。云中君在赵，东君的地望想必与他相近，不然是不会和他排在一起的。

3.《河伯》《穆天子传》一"天子西征，骛行至阳纡之山，河伯无冯夷之所都"，据《尔雅·释地》与《淮南子·地形篇》，阳纡是秦的泽薮，可见河伯本是秦地的神，所以祭河为秦国的常祀。《史记·六国年表》"秦灵公八年，初以君主妻河"，《封禅书》"及秦并天下，令祠官所常奉天地名山大川鬼神，……水曰河，祠临晋"是其证。《封禅书》又曰"昔秦文公出猎，获黑龙，（案即水神玄冥）。此其水德之瑞，于是秦更命河曰德水"，这是秦祀河的理论根据。

4.《国殇》歌曰"带长剑兮挟秦弓"，罗先生据此疑国殇即《封禅书》所谓"南山巫祠南山秦中。秦中者二世皇帝"。我们以为说国殇是秦人所祀则可，以为即二世则不可。二世是赵高逼死在望夷宫中的，并非死于疆场。且若是二世，《九歌》岂不降为汉代的作品？但截至目前，我们尚无法证明《九歌》必非先秦楚国的乐章。

5.6.《湘君》《湘夫人》这还是南楚湘水的神。即令如钱宾四先生所说，湘水即汉水，那还是在楚境。

7.8.《大司命》《少司命》大司命见于金文《洹子（即田桓子）孟姜壶》，而《风俗通·礼典篇》也说"司命……齐地大尊重之"，似乎司命本是齐地的神。但这时似乎已落籍在楚国了。歌中空桑，九坑皆楚地名可证。（《大招》"魂乎归徕，定空桑只"。九坑《文苑》作九冈，九冈山在今湖北松滋县，即昭十一年《左传》"楚子……用隐太子于冈山"之冈山。）《封禅书》且明说"荆巫祠司命"。

9.《山鬼》顾天成《九歌解》主张《山鬼》即巫山神女，也是《九歌》研究中的一大创获。详孙君作云《九歌·山鬼考》。我们也完全同意。然则山鬼也是楚神。

以上除（2）（4）二项证据稍嫌薄弱，其余七项可算不成问题，何况以（2）属代，以（4）属秦，充其量只是缺证，并没有反证呢？"赵、代、秦、楚之讴"是汉武因郊祀太一而立的乐府中所诵习的歌曲,《九歌》也是楚祭东皇太一时所用的乐曲,而《九歌》中九章的地理分布,如上文所证,又恰好不出赵、代、秦、楚四国的范围,然则我们推测《九歌》中九章即《汉志》所谓"赵、代、秦、楚之讴",是不至离事实太远的。并且《郊祀歌》已有"《九歌》毕奏斐然殊"之语,这"《九歌》"当亦即"赵、代、秦、楚之讴"。《礼乐志》称祭前在乐府中练习的为"赵、代、秦、楚之讴",《郊祀歌》称祭时正式演奏的为"《九歌》",其实只是一种东西。《礼乐志》所以不称"《九歌》"而称"赵、代、秦、楚之讴",那是因为"有赵、代、秦、楚之讴"一语是承上文"采诗夜诵"而言的。上文说"采诗",下文点明所采的地域,文意一贯。)由上言之,赵、代、秦、楚既恰合九章之歌的地理分布,而《郊祀歌》又明说出《九歌》的名字,然则所谓"赵、代、秦、楚之讴"即《九歌》,更觉可靠了。总之,今《楚辞》所载《九歌》中作为祀东皇太一乐章中的插曲的九章之歌,与夫汉《郊祀歌》所谓"合好郊欢虞太一,……《九歌》毕奏斐然殊"的《九歌》,与夫《礼乐志》所谓因祠太一而创立的乐府中所"夜诵"的"赵、代、秦、楚之讴",都是一回事。

承认了九章之歌即"赵、代、秦、楚之讴",我们试细玩九章的内容,还可发现一个有趣的现象。九章之歌依地理分布,自北而南,可排列如下:

《东君》	代
《云中君》	赵
《河伯》(《国殇》)	秦
《大司命》《少司命》《山鬼》	楚
《湘君》《湘夫人》	南楚

国殇是人鬼,我们曾经主张将他和那八位自然神分开。现在我们即依这见解,暂时撇开他,而单独玩索那代表自然神的八章歌辞。这里我们可以察觉,地域愈南,歌辞的气息愈灵活,愈放肆,愈顽艳,直到那极南端的《湘君》《湘夫人》,例如后者的"捐余袂兮江中,遗余褋兮醴浦"二句,那猥亵的含意几乎令人不堪卒读了。以当时的文化状态而论,这种自北而南的气息的渐变,不是应有的现象吗?

九、楚九歌与汉郊祀歌的比较

虽然汉郊祀太一是沿用楚国的旧典，虽然汉祭礼中所用以娱神的《九歌》也就是楚人在同类情形下所用的《九歌》，但汉《郊祀歌》十九章与楚《九歌》十一章仍大有区别。汉歌十九章每章都是祭神的乐章，因为汉礼除太一外，还有许多次等的神受祭。但楚歌十一章中只首尾的《东皇太一》《礼魂》(相当于汉歌首尾的《练时日》与《赤蛟》)，是纯粹祭神的乐章。其余九章，正如上文所说，都只是娱神的乐章。楚礼除东皇太一外，是否也有纯粹陪祭的次等神如汉制一样，今不可知。至少今《九歌》中不包含祭这类次等神的乐章是事实。反之，楚歌将娱神的乐章(九章)与祭神的乐章(二章)并列而组为一套歌辞。汉歌则将娱神的乐章完全屏弃，而专录祭神的乐章。总之楚歌与汉歌相同的是首尾都分列着迎送神曲，不同的是中间一段，一方是九章娱神乐章，一方是十七章祭次等神的乐章。这不同处尤可注意。汉歌中间与首尾全是祭神乐章(迎送神曲也是祭神乐章)，他的内容本是一致的，依内容来命名，当然该题作"《郊祀歌》"。楚歌首尾是祭神，中间是娱神，内容既不统一，那么命名该以何者为准，便有选择的余地了。若以首尾二章为准，自然当题作"楚《郊祀歌》"。现在他不如此命名，而题作"《九歌》"，可见他是以中间九章娱神乐章为准的。以汉歌与楚歌的命名相比较，益可证所谓"《九歌》"者是指十一章中间的九章而言的。

十、巫术与巫音

苏雪林女士以"人神恋爱"解释《九歌》的说法，在近代关于《九歌》的研究中，要算最重要的一个见解，因为他确实说明了八章中大多数的宗教背景。我们现在要补充的，是"人神恋爱"只是八章的宗教背景而已，而不是八章本身。换言之，八章歌曲是扮演"人神恋爱"的故事，不是实际的"人神恋爱"的宗教行为。而且这些故事之被扮演，恐怕主要的动机还是因为其中"恋爱"的成分，不是因为那"人神"的交涉，虽则"人神"的交涉确乎赋予了"恋爱"的故事以一股幽深，玄秘的气氛，使它更富于麻醉性。但须知道在领会这种气氛的经验中，那态度是审美的，诗意的，是一种 make believe，那与实际的宗教经验不同。《吕氏春秋·古乐篇》曰："楚之哀也，作为巫音。"八章诚然是典型的"巫音"，但"巫音"断乎不是"巫术"，因为在"巫音"中，人们所感兴趣的，毕竟是"音"的部分远胜于"巫"的部分。"人神恋爱"许可以解释《山海经》所代表的神话的《九歌》，却不能字面的 literally 说明《楚辞》的《九歌》。严格的讲，两千年前《楚辞》时代的人们对《九歌》的态度，和我们今天的态度，并没有什么差别。同是欣赏艺术，所差的是，他们是在祭坛前观剧——一种雏形的歌舞剧，我们则只能从纸上欣赏剧中的歌辞罢了。在深浅不同的程度中，古人和我们都能复习点原始宗教的心理经验，但在他们观剧时，恐怕和我们读诗时差不多，那点宗教经验是躲在意识的一个暗角里，甚至有时完全退出意识圈外了。

旅客式的学生

　　洋楼，电话，电灯，电铃，汽炉，自来水；体育馆，图书馆，售品所，"雅座"，电影；胡琴，洋笛，中西并奏，象棋，"五百"，夜以继日，厨房听差，应接不暇，汽车胶皮，往来如织——你看！好大一间清华旅馆！"只此一家""中外驰名"的旅馆！如何叫他的生意不发达呢？于是官僚来养病，留学生来候补差事，公子少爷们来等出洋——我说"等"出洋，不是预备出洋。旅馆的生意好了。掌柜的变大意了，瞧不起旅客了！旅客不肯受他的欺负，就闹起来要改良旅馆。诸位！想一想，你们旅客有什么权柄可以要求旅馆改良！你们爱住不住！你们改良了旅馆，于你们有什么利益？等到旅馆改良了，你们已经走了。

　　中国有一位文学家讲，"天地者万物之逆旅。"呸！这是什么话？中国的文化的退步，就是这般非人的思想的文学家的罪孽。人类是进化的。我们生到这个世界来，这个世界就是我们的。我们的天性叫我们把这个世界造成如花似锦的，所以我们遇着事，不论好坏，就研究，就批评，找出缺点，就改良。这是人的天性，没有这种天性，人不会从下等动物进化到现在的地位，失这种天性，社会就会退化到本来的地位。

　　我们把眼光放开看，我们是社会的一分子，学校是社会里一种组织，我们应该改良社会，就应从最切近的地方——我们的学校做起点。学校是我们的家——不是我们的旅馆。学校之中，学生是主体，职员，教员，校役都是客听。对于学校，我们不负责任，谁负责任呢？有人自视为世界的旅客，就失了做人的资格；有学生自视为学校的旅客，就失了做学生的资格。

旅客式的学生有三种。对待他们的方法有四种。实行这四种方法，才是真正的改良。

（一）旅客式的少爷学生。贵胄子弟，自己可以出洋的，年纪太轻，不能立刻出洋，先要在本国等一等！但上了别的学校，又太吃苦了，只有清华旅馆里"百应俱全"，刚合少爷们的身份。所以他们除了打球，唱戏，"雅座"，售品所以外，不知道别的。对于功课，用"满不在乎"四字了结他。横竖他们是不靠毕业出洋的，他高兴几时走，就几时走。这种旅客式的学生，是人人承认的。

（二）旅客式的孩子学生。清华中等科的学生有住过高等小学的，有住过初等小学的，有住过幼稚园的，有什么也没有住，乳臭未干的婴儿，总之真正高小毕业，刚合中等科程度的有几个？这般同学，当然不能怪他们没有成人的思想。等他们毕了中等科的业，到高等一二年级，还是年纪很轻。就算到了成人的年岁，还脱不了孩子气。他们初进学校的目的，固然跟少爷学生不同，不过他们的行为跟少爷们一样的。他们年幼连自己本身都顾不了，还说别的吗？

（三）旅客式的书虫学生。有一般人本知道学校应该改良，但是出洋问题要紧。功课一急竞争的烈，每天点洋烛的工夫都不够，不用说别的。所以他们目击各种腐败的情形，也只好叹一口气道曰："没有法子！"这种学生，也是旅客式的学生。他们是读书的旅客，同那打球，唱戏，"雅座"，售品所的旅客，不过是臧与穀的比例。

以下是整顿旅客式的学生的方法。

第一种旅客式的少爷学生可算是不可救药了。他们横竖不是来念书的。如果要住旅馆，他们有的是钱，六国饭店，比清华旅馆舒服得多呢。

第二种，对于旅客式的孩子学生，也没有别的办法。他们没有到上学的年纪，最好是不要来，免得他们的父母担忧。他们上学还要带听差来替他们铺床叠被，收检衣服；他们不会用功，还要请高等科的学生当他们的"指导员"。清华中等科不是幼稚园，高等科的学生，也不是来替人家管孩子的，这些幼稚园的儿童应该送到幼稚园里去。

第三种，旅客式的书虫学生，我们只好鼓励他们，劝他们，把读书的勇气，分一点到书本外头来。

第四种，在学生一方面，固然应当自己觉悟，打破这种旅客式的思想，但是学校一方面，也应当有一番整顿，使得那些旅客式的少爷，孩子们，不会混到学堂里来，并且同时解放这种玉成学生的奴隶性的积分制度，庶几学生不致把一切都牺牲到书卷本里去了。

中文课堂的秩序的一斑

先生："今天要考了。"满堂大哄，有的骂，有的笑，强狠的开门要走，和平的讲这学堂从来不兴月考。好容易经先生敷衍了半天，才慢慢地坐定了。先生把题目刚写完了，屋后一个声音叫道："咳，混账吗！出这些题那做得完？……"

从"去张"运动以来，天天喊改良中文，到今天中文课堂的情形便是这样。难道考月考也是教员的错吗？中文所以不能改良，学校怕麻烦，教员不自爱，当然要负一份责任，恐怕罪魁祸首还是这一般负自治的盛名的学生吧！在英文课堂讲诚实，讲人格，到中文课堂便谲骗欺诈，放僻嚣张，丑态恶声，比戏园，茶馆，赌博场还不如。才吃过一餐饭，便把那骗洋人的假具扯破了，露出中国人的真相来了。这样还讲改良，讲自治，不要愧杀人吗？

现在人人正忙着预备十周年纪念会：成绩展览，演戏，刊杂志，五花八门，辉煌灿烂，可惜都是骗人的呵。把这中文课堂的跟同类的丑态展览出去，才是真清华呢！

公共机关的威信

公共机关是公众的产物。爱"德谟克拉西"的，便当爱公共机关。爱他，便不得不监视他，使遵于正轨，也不得不尊敬他，以保持其威信。他若走出了轨道，人人有纠正惩罚之权；他若没有出轨，而有人侮辱他，这加侮辱者人人便当认为公敌。公共机关本是为谋公众的幸福的，他的威信一失，公众的幸福便受摧残。所以公共机关的威信，当牺牲一切以保存之！神圣的清华学生会同《清华周刊》向来零丁孤苦，受人糟蹋，无所不至，自己又不知争气，往往贻人以口实；可怜极了！近来他们幸能稍自振作，信用似可日渐恢复。愿他们更加勉励，以副公众委托的盛意。如果有人妄加凌辱于他，便等于凌辱我们公众的人格，让我们五百人奋袖群起，"鸣鼓而攻之"！

败

毕业后十二年，又回到母校，碰上第五级同学将毕业，印行年刊，要我几句话作纪念。这话应该有的是可说说的。真的，话太多，不知从何处说起。所以屡次抵赖，想索性不说了，正因这缘故。

要当兵，先去报名入伍，检验体格，及格了，才算一名入伍兵。(因为体格不合，以及其他的关系，求当兵而当不上的多着呢!)三个五个月不定，大早上操，下半天上讲堂，以后是野外实习，实弹射击。兵丁入伍以后，营盘里住下一年半载，晓得步法阵势射击等等，但是还算不得一个兵。要离开营盘，守壕冲锋，把死人踩在脚下，自己容许也挂了彩，这人才渐渐像一个兵了。什么时候才真正完成当兵的意义？打了败仗，带着遍体的鳞伤回来，剩下一丝气息，甚至连最后的这一点也没有，那也许更好。一个兵最大的出息，最光明的前途，是败，败得精光。

朋友们，现在我欢送你们这支生力军去应战。三年五年，十年八年后，再遇到你们，要看见你们为着争一个理想而赢来的那遍体的鳞伤。去了! 我祝福你们——败!

可讲的话虽多，但精义已包括在这里了。恭维的话，吉利的话，是臭绅士的虚伪，我鄙弃，想你们也厌恶。

民国二十二年三月十日

致闻家驷

驷弟：

阳八，廿二自家寄来一书已收到。第七号既未收到，当遗失矣。日久，书中所述不可忆，想无要事。

我现已在珂泉，离芝城远如北京至长沙，车行首日早十时起，次日午后二时至。珂泉为此邦名胜之区，有曼图山、裴客峰、神仙园等胜景。夏日为避暑之地，气候全年皆如春日。地势既高，空气绝佳，故又为养疴之所，盖如我国北之香山，南之庐山也。

珂泉有大学，美术学院附属焉。此美术学院规模极小，逊芝院远矣。我之来此，固因不奈于芝城生活。在此休养一年，拟再行东往波斯顿。清华同学在此者，实秋而外，有盛斯民、王国华、赵敏恒、陈肇彰四君。我现与实秋同居。每月房饭费五十元。房饭较芝城佳甚矣。在芝城时系在饭馆用膳，此处不作兴如此，乃与房东共食也。房东老夫妇甚惠谨，待遇我辈颇厚。

总之此来，于美术所获或较歉，然于文学之创作，能与实秋相砥砺、相酬唱，成绩必佳也。且此处胜地佳景，得与自然相亲，其所启发者亦必多。又在芝城镇日呼吸煤烟，涕唾皆黑；在此庶得呼吸空气，澡浴阳光，其于摄生裨益亦不浅。

来信疑"衍"字误，可笑，可笑。吾弟得勿"见骆驼言马肿背"乎？"衍"繁也，过多也。若曰某字衍，犹言某字当删去也。校书时某字当删曰"衍"，某字当添曰"脱"，此为校者之专门名词。试参之字典当知之，胡遽疑我误耶？其他所改皆无误。《红烛》据实秋云目下当已出版，酬资八十元，已托十哥领取，不知到手否。泰东本窘甚。沫若等为文亦无规定之价格，惟每月房饭钱向泰东支取，尚不及百元；故目下彼等不能支持，皆有离沪之意。沫若返四川或东渡行医，仿吾往北京，达夫返浙江。如此则《创造》季刊大有停版希望。此次实秋经沪时，彼等欲将编辑事托我与实秋二人代办，实秋未允。实秋已被邀入创造社。我意此时我辈不宜加入何派以自示褊狭也。沫若等天才与精神固多可佩服，然其攻击文学研究会至于体无完肤，殊蹈文人相轻之恶习，此我所最不满意于彼辈者也。

函询彼等专门学科为何，沫若为医学，仿吾为工程，达夫为经济，其对于各专门之诣造殊不深悉，然其文学；之成绩皆卓然可观，不待言也。弟有志东渡，此诚善策。恐地震之后东京难复旧观，教育所受影响如何，不可必言也。然目下努力预备，百无一失也。

如今青年辄多"世纪末"之烦闷，此事之无可如何者也。然而吾弟当知宇宙虽多悲观之事，可乐者仍不少也。此志尚存，将反抗丑恶，一息不懈，亦一乐事也。

余续白。新通信处如下：

Mr. T. Wen

720 N. Wahsatch St.

Colorado Springs，Colo.

U. S. A，

顾问五哥近好敬请

双亲大人暨全家福安！

一多　手启

中秋前一日

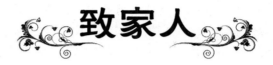

致家人

驷弟、五哥转阖家共鉴：

在纽约住址如下：

Mr. T. Wen

International House

Riverside Drive

New York City

U. S. A.

函件寄来此处无误。此处乃公寓性质，名称可译为"万国公寓"。房屋及设备皆美国豪富煤油大王劳克非洛所捐助者。意在招待各国青年学生，以促进世界大同之情谊。故此中寄寓者美国人甚少，外国人居多。中国学生在此者几达百数，其外有日本人、菲律宾人、印度人、俄罗斯人、小亚细亚人、西班牙人等等，形形色色之人种无不备有。此房屋乃新完工者，一切器具皆崭新。房租每星期六元，在纽约亦不算贵。寓中有饭馆，有洗发店、理发店、裁缝店、杂货店，俨如一独立之小社会然。美国人之组织力淘足惊人也。

公寓中清华同学亦达十余人，然人多品杂，堪与为伍者亦寥寥耳。新交中有张君嘉铸者，亦曾在清华肄业二年，后由自费来美。张君之文学美术鉴赏力甚高，敦璇（孜孜）好学，思想亦超凡俗，有乃兄张嘉森（君劢）之风。银行家张嘉墩亦系嘉铸之兄，张氏可谓当今之望族也。嘉铸之嗜好在文学、美术，然非专攻文学、美术者。察其意颇欲以搜罗人才、鼓励文化为事业，如梁新会及乃兄君劢先生之行事者。故其于在美之好学之士中交游甚众，而于好文学、美术者，以其性之所尤近，则尤之致意焉。当今为趋势骛利者之世界，习文学、美术者辄为众所轻视，余能得如张君其人者而友之，宁非幸哉！

纽约之繁华为人梦想所不及者，在天空者有高架电车，架铁为桥，高出屋顶，车行其上，可通全城。在平地上者有电车，有汽车，络绎不绝，夜以继日。在地心者有地的电车，于街道之下，河流之下，穿土为隧道，行电车其中，五分钱可遍行全城。围城有火车，河上有轮船。交通如此之多，而行人之拥挤犹数百倍莅于上海。来此半月矣，尚未见一层之房屋，十层楼者常事耳。最热闹处，夜间缀电灯为招牌，瞬息百变，异彩夺目，真所谓"不夜之城"也。

八哥接家书时，秋伍洲堤犹未决，目下不知如何。江浙战争，沪宁两处人受惊否？从纽约一转而谈及故国事，如坠千丈之岩、感慨曷可问哉！专此敬请

双亲大人及全家福安！

骅书于纽约万国
公寓九层楼上。
阳九月二十三日

《冬夜》评论

一

他们喊道："诗坛空气太深寂了！"于是《冬夜》，《草儿》，《湖畔》，《惠的风》，《雪朝》继踵而出；深寂的空气果然变热闹了。唉！他们终于是凑热闹啊！热闹是个最易传染的症，所以这时难得是坐在一边，虚心下气地就正于理智的权衡；纵能这样，也未见得受人欢迎，但是——

"慷慨的批评家扇着诗人的火，
并且教导世界凭着理智去景仰。"

所以越求创作发达，越要扭重批评。尤其在今日，我很怀疑诗神所踏入的不是一条迷途，所以不忍不厉颜正色，唤他赶早回头。这条迷途便是那畸形的滥觞的民众艺术。鼓吹这个东西的，不止一天了；只到现在滥觞的效果明显实现，才露出他的马脚来了。拿他自己的失败的效果作赃证，来攻击论调的罪状，既可帮助醒豁群众的了解，又可省却些批评家的口舌。早些儿讲是枉费精力，晚些了呢，又恐怕来不及了；只有今天恰是时候。

我本想将当代诗坛中已出集的诸作家都加以精慎的批评，但以时间的关系只能成此一章。先评《冬夜》，虽是偶然拣定，但以《冬夜》代表现时的作风，也不算冤枉他。评的是《冬夜》，实亦可三隅反。

"撼树蚍蜉自觉狂,

书生技痒爱论量。"(元好问)

《冬夜》作者自己说第一辑"大都是些幼稚的作品","第二辑的作风似太烦碎而枯燥了,且不免有些晦涩之处。"照我看来,这两辑未见得比后两辑坏得了多少,或许还要强一点。第一辑里《春水船》,《芦》,第二辑里《绍兴西郭门头的半夜》,《潮歌》同《无名的哀诗》都是《冬夜》里出色的作品。当然依作者自己的主张——所谓诗的进化的还原论者——讲起来,《打铁》,《一勺水啊》等首,要算他最得意的了;若让我就诗论诗,我总觉得第四辑里没有诗,第三辑里倒有些上等作品,如《黄鹄》,《小劫》,《孤山听雨》同《凄然》。

二

《冬夜》给我最深刻的印象是他的音节。关于这点,当代诸作家,没有能同俞君比的。这也是俞君对新诗的一个贡献。凝炼,绵密,婉细是他的音节特色。这种艺术本是从旧诗和词曲里蜕化出来的。词曲的音节当然不是自然的音节;一属人工,一属天然,二者是迥乎不同的。一切的艺术应以自然作原料,而参以人工,一以修饰自然的粗率,二以渗渍人性,使之更接近于吾人,然后易于把捉而契合之。诗——诗的音节亦不外此例。一切的用国语作的诗,都得着相当的原料了。但不是一切的语体都具有人工的修饰。别的作家间有少数修饰的产品,但那是非常的事。俞君集子里几乎没有一首音节不修饰的诗,不过有的太嫌音节过火些。(或许这"修饰"两字用得有些犯毛病。我应该说"艺术化",因为要"艺术化"才能产出艺术,一存心"修饰",恐怕没有不流于"过火"之弊的。)

胡适之先生自序再版《尝试集》,因为他的诗中词曲的音节进而为纯粹的"自由诗"的音节,很自鸣得意。其实这是很可笑的事。旧词曲的音节并不全是词曲自身的音节,音节之可能性寓于一种方言中,有一种方言,自有一种"天赋的"(inherent)音节。声与音的本体是文字里内含的质素;这个质素发之于诗歌的艺术,则为节奏,平仄,韵,双声,叠韵等表象。寻常的言语差不多没有表现这种潜伏的可能性的力量，厚载情感的语言才有这种力量。诗是被热烈的情感蒸发了的水气之凝结，所以能将这种潜伏的美十足地充分地表现出来。所谓"自然音节"最多不过是散文的音节。散文的音节当然没有诗的音节那样完美。俞君能熔铸词曲的音节于其诗中，这是一件极合艺术原则的事，也是一件极自然的事，用的是中国的文字，作的是诗，并且存心要作好诗，声调铿锵的诗，怎能不收那样的成效呢？我们若根本地不承认带词曲气味的音节为美，我们只有两条路可走；甘心作坏诗——没有音节的诗，或用别国的文字作诗。

但是前面讲到旧词曲的音节，并不"全"是词曲自身的音节。然则有一部分是词曲自身的音节吗？是的，有一小部分。旧词曲所用的是"死文字"。(却也不全是的，词曲文字已渐趋语体了。) 如今这种"死文字"中有些语助辞应该屏弃不用，有些文法也该屏弃不用。这两部分删去，于我们文字的声律 (prosody) 上当然有些影响；但这种影响并不能及于词曲音节的全部。所以我们不好说因为其中有些语助辞同文法不当存在，词曲的音节便当完全推翻。总括一句，词曲的音节在新诗的国境里并不全体是违禁物，不过要经过一番查验拣择罢了。

现在只要看在《冬夜》里这种查验拣择的手段做到家了没有。朱序里说道："后来便就他们的腔调去短取长，重以己意熔铸一番，便成了他自己的独特音律。"我倒有些怀疑这句话呢！像这样的句子——

"看云生远山，
听雨来远天，"
"既然孤冷，因甚风颠？
仰头相问，你不会言！"
"皱面开纹，活活水流不住。"

径直是生吞活剥了，那里见出得"熔铸"的工夫来呢？《忆游杂诗》几乎都是小令词。现在信手摘几段作例：——

"白象鼻，青狮头，

　　　　上垂嫋嫋青丝萝；

　　　　大鱼潭的游。"

　　　"到夕阳楼上；

　　　　慢步上平冈，山头满夕阳。"

　　　"野花染出紫春罗，

　　　　城郭江河都在画图；

　　　　霎眼千山云白了，

　　　　如何？如何？"

　　　"瓜州一绿如裙带，

　　　　山色苍苍江色黄，

　　　　为什么金山躲了水中央。"

　　这些不过是几个极端的例子；还有那似熔半熔，半生不熟的篇什，不胜枚举了。《归路》，《仅有的伴侣》可以作他们的代表。至于《冬夜》的音节好的一方面，朱序里论"精炼的词句和音律"一节内，已讲得很够了。除要我订正而已经在上面订正了，的一点以外，我还要标出《凄然》一首，为全集最佳的音节的举隅。不滑，不涩，恰到好处，兼有自然与艺术之美的音节，再没有能超过这一首的了。

　　上面所讲的这一大堆话，才笼统的说明了一件事——《冬夜》与词曲的音节之关系。在词曲的音节之背地到的有些什么相互的因果的关系同影响，——这些都是我要在下面详细的讨论的。

　　像《冬夜》里词曲音节的成分这样多，是他的优点，也便是他的劣点。优点是他音节上的赢获，劣点是他意境上的亏损。因为太拘泥于词曲的音节，便不得不承认词曲的音节之两大条件：中国式的词调及中国式的意象。中国的意象是怎样的粗率简单，或是怎样的不敷新文学的用，傅斯年君的《怎样作白话文》里已讲得很透彻了（《新潮》一卷二号）。我们知道那些，便容易了解《冬夜》该吃了多大一个亏。如今我们先论词调。傅君所说"横里伸张"，真当移作《冬夜》里一般作品的写照。让我从《仅有的伴侣》里抽一节出来作证——

"可东可西，飞的踪迹；

没晓没晚，滚的间歇；

无远无近，推的了结；

呆瞧人家忙忙碌碌。

可只瞧忙碌！

不晓"为什么？为什么？"

飞——飞他的；

滚——滚他的；

推——推他们的。

有从来，有处去，

来去有个所以。

尽飞，尽滚，尽推；

自有飞不去，滚不到，推不动的时候。

伙伴散了——分头，

他们悠悠，

我何啾啾！

况——踪迹，间歇，了结，

是他们，是我的，

怎生分别。"

我不知这十九行里到的讲了些什么话。只听见"推推""滚滚，"啰唆了半天，故求曲折，其实还是其直如矢，其平如砥。但是不把他同好的例来比照，还不容易觉得他的浅薄。

我们再看下面郭沫若君的两行字里包括了多少意思——

"云衣灿烂的夕阳

照过街坊上的屋顶来笑向着我。"（《无烟煤》）

我们还要记着《冬夜》里不只《仅有的伴侣》一首有这种松浅平泛的风格，且是全集有十之六七是这样的。我们试想想看：读起来那是怎样的令人生厌啊！固然我们得承认，这种风格有时用的得当，可以变得极绵密极委婉，如本集中《无名的哀诗》便是，但是到"言之无物"时，便成魔道了。

以上是讲他的章的构造。次论句的构造。《冬夜》里的句法简单，只看他们的长度就可证明。一个主词，一个谓词，结连上几个"用言"或竟一个也没有——凑起多不过十几个字。少才两个字的也有。例如：《起来》，《别后的初夜》，《最后的洪炉》，《客》，《夜月》等等，不计其数，像《女神》这种曲折精密层出不穷的欧化的句法，那里是《冬夜》梦想得到的啊！——

> "啊！我与其学做个泪珠的鲛人
> 返向那沈黑的海的流泪偷生，
> 宁在这缥缈的银辉之中，
> 就好像那个坠落了的星辰，
> 曳着带幻灭的美光，
> 向着"无穷，长殒。"(《密桑索罗普之夜歌》)

傅斯年君讲中国词调的粗率是"中国人思想简单的表现。"我可不知道是先有简单的思想然后表现成《冬夜》这样的粗率的词调呢？还是因为太执著于词曲的音节——一种限于粗率的词调的音节——就是有了繁密的思想也无从表现得圆满。我想末一种揣度是对些。或说两说都不对。根据作者的"诗的进化的还原论"的原则，这种限于粗率的词调的词曲的音节，或如朱自清所云"易为我们领解，采用，"所以就更近于平民的精神；因为这样，作者或许就宁肯牺牲其繁密的思想而不予以自由的表现，以玉成其作品的平民的风格吧！只是得了平民的精神，而失了诗的艺术，恐怕有些得不偿失哟！

现今诗人除了极少数的——郭沫若君同几位"豹隐"的诗人梁实秋君等——以外，都有一种极沈痼的通病，那就是弱于或竟完全缺乏幻想力，因此他们诗中很少浓丽繁密而且具体的意象。关于幻想的本身，在后面我还要另论。这里我只将他影响或受影响于词曲的音节者讲一讲。音节繁促则词句必短简，词句短简则无以载浓丽繁密而且具体的意象。——这便是在词曲的音节之势力范围里，意象之所以不能发展的根由。词句短简，便不能不只将一个意思的模样略略的勾勒一下，至于那些枝枝叶叶的装饰同雕镂，都得牺牲了。因为这样，《冬夜》所呈于我们的心眼之前的图画不是些——

> "疏疏的星，
> 疏疏的树林，
> 疏疏外，疏疏的灯。"

同——

> 几笔淡淡的老树影："

便是些——

> "在迷迷蒙蒙里。
> 离开，依依接着
> 才来翩翩忽去。"

同——

> "乱丝一球的蓬蓬松松着"的东西。

换言之，他所遗的印象是没有廓线的，或只有廓线的，假使《冬夜》有香有色，他的

> "香只悠悠着，
> 色只渺渺着。"

试拿一本词或曲来看看，我们所得的印象，大体也同这差不多，不过那些古人的艺术比我们高些，就绘出那——

> "一春梦雨常飘瓦，

> 尽日灵风不满旗。"

的仙境，

> "一个绮丽的蓬莱的世界，
> 被一层银色的梦轻轻锁着在，"

但是我总觉得作者若能摆脱词曲的记忆，跨在幻想的狂恣的翅膀上遨游，然后大着胆引嗓高歌，他一定能拮得更加开扩的艺术。

西诗中有一种长的复杂的 Homeric simile。在中国旧诗里找不出的；因为他们的篇幅，同音节的关系，更难梦见。这种写法是大模范的叙事诗 (epic) 中用以减煞叙事的单调之感效的技俩。中国旧文学里找不出这种例子，也正是中国没有真正的叙事诗的结果。假若新诗的责任中含有取人的长处以补己的短之一义，这种地方不应该不特加注意。

三

我们若再将《冬夜》的音节分析下去，还可发现些更为《冬夜》之累的更抽象更琐碎的特质，他们依然是跟着词曲的音节一块走的一些质素。

破碎是他的一个明显的特质，零零碎碎杂杂拉拉，像裂了缝的破衣裳，又像脱了榫的烂器具，——看啊！——

> "一所村庄我们远远望到了。
> '我很认得！
> 那小河，那些店铺，
> 我实在认得！'
> '什么名儿呢？'
> '我知道呢！'
> '既叫不出如何认得？'
> '也不妨认得，

认得了却依然叫不出'。
'你不怕人家笑话你？'
'笑什么！要笑便笑你！'
走着，笑着。
们已到了！"

再看——

"仔细的瞅去，再想去，
可瞅够了？可想够了？
可来了吗？………什么？
想想！……又什么？"

《冬夜》里多半的作品，不独意思散漫，造句破碎，而且标点也用的过度的多；所以结果便越加现着象——

"零零落落的各三两堆，
…………
碎瓦片，小石头，
都精赤的露着。"

标点当然是新文学的一个新工具——很宝贵的工具。但是小孩子从来没使过刀子，忽然给了他一把，裁纸也是他，削水果也是他，雕桌面也是他，砍了指头也是他。可怜没有一种工具不被滥用的，更没有一种锐利的工具不被滥用以致招祸的！《冬夜》里用标点用得好的作品固有，但是这几处竟是小孩子拿着刀子砍指头了——

"一切啊，……
牲口，车子，——走。"

同

"一阵麻雀子(？)惊起了。"
"你！
你！！……"

同

"'我忍不得了，
实在眷恋那人世的花。'
……
'然则——你去吧！'"

我总觉得一个作者若常靠标点去表示他的情感或概念，他定缺少一点力量——"笔力"。当然在上面最末的两个例里，作者用双惊叹号(！！)同删节号(……)所要表现的意义是比寻常的有些不同。在别的地方，哭就说哭，笑就说笑；痛苦激昂就说痛苦激昂；但在这里的，似乎是一种逸于感觉的疆域之外的——

("Thoughts hardly tobe packed
Into a narrow act.
Fancies that broke thro' language and
escaped."

在一个艺术幼稚的作家，遇着这种境地，当然迫于不得已就玩一点滑头用几个符号去混过他，但是一个

"龙文百斛鼎，笔力可独扛"

的健将，偏认这些险隘的关头为摆弄他的神技最快意的地方。因为艺术，

诚如白尔 (CliveBell) 所云，是"一个观念的整体的实现，一个问题的全部的解决。"艺术家喜给自己难题作，如同数学家解决数学的问题，都是同自己为难以取乐。这种嗜好起源于他幼时的一种自虐本能 (masochisticinstinct，见莫德尔 (Mordell) 的《文学中爱的动机》)。在诗的艺术，我们所用以解决这个问题的工具是文字，好像在绘画中是油彩和帆布，在音乐是某种乐器一般。当然，在艺术的本体同他的现象——艺术品的中间，还有很深的永难填满的一个坑谷，换言之，任何种艺术的工具最多不过能表现艺术家当时的美感三昧 (aesthetic ecstasy) 之一半。这样看来，工具实是有碍于全体的艺术之物；正同肉体有碍于灵魂，因为灵魂是绝对地依赖着肉体，以为表现其自身的唯一的方便。

> "无端的被着这囚笼，
> 闷损了心头的快乐，——
> 哇的一声要吐出来了，
> 终于脱不了皮肉的枷锁！"

但是艺术的工具又同肉体一样，是个必须的祸孽；所以话又说回来了，若是没有他，艺术还无处寄托呢！

> "Spite ofthis flesh today.
> Istrove，madehead，gained ground uponthe
> whole."

文字之于诗也正是这样，诗人应该感谢文字，因为文字作了他的"用力的焦点"，他的职务 (也是他的权力) 是依然用白尔的话"征服一种工具的困难"，——这种工具就是文字。所以真正的诗家正如韩信囊沙背水，邓艾缒兵入蜀，偏要从险处见奇。下面是克慈 (Keats)

> "Obstinate，Silencecameheavilyagain，
> Feelingabout forib old Couch．Of Space，

And airy Cradle."

在这个场合，给《冬夜》的作者恐怕又是一行"……"就完了。临阵脱逃的怯懦者哟！

另一特质是啰唆。本是个很简单的意思，要反复地尽耍半天；故作风态，反得拙笨，强求深蕴，实露浅俗。——这都由于"言之无物"，所以成为貌实神虚。《哭声》第二节正是这样；但因篇幅太长，不便征引。现在引几个短的——

> "不信他，还信什么？
> 信了他，我还浮游着；
> 信他又为什么？"
> "这关着些什么？
> 且正远着呢！
> 是的，原不关些什么！"
> "…………
> 错是错了，
> 不解只是不解了！
> 不解所以错了，
> 不解就是错了；
> 这或然是啊。
> 我错了！
> 我将终于不解了！"

还有一首《愿你》同《尝试集》里的《应该》是一个模子里铸出来的，不过徒弟比师父还要变本加厉罢了。——

> "愿你不再爱我，
> 愿你学着自爱罢。
> 自爱方是爱我了，

自爱更胜于爱我了！

我愿去躲着你
碎了我的心，
但却不愿意你心为我碎啊！
好不宽恕的我，
你能宽恕我吗？
我可以请求你的宽恕吗？

你心里如有我，
你心里如有我心里的你；
不应把我怎样待你的心待我，
应把我愿意你怎样待我的心去待我。"

作者或许以这堆"俏皮话"很能表现情人的衷曲；其实是东施效颦一样，扭腰瘪嘴地故作媚妩，只是令人作呕吧了！新诗的先锋者啊！"始作俑者，其无后乎！"

又有一个特质是重复。这也可说是从啰唆旁出的一种毛病，他在《冬夜》里是再普遍没有了。篇幅只许我稍举一两个例——

"虽怪可思的，也怪可爱的；
但在那里呢？
但在那里呢？"
"这算什么，成个什么呢！
唉！以前的，
以前的幻梦，
都该抛弃，都该抛弃。"

这是句的重复，还有字的重复，更多极了。什么"来来往往"，"迷迷蒙蒙"，"慢慢慢慢的"，"远远远远地"，——这类的字样散满全集。还有这样一类的句子，——

　　　　"看丝丝缕缕层层叠叠浪纹如织，"
　　　　"推推挤挤往往行行，越去越远。"
　　　　"唠唠叨叨，颠颠倒倒的咕噜着。"
　　　　"随随便便歪歪斜斜积着，铺着，岂不更好！"

　　叠句叠字法一经滥用到这样，他的结果是单调。

　　关于《冬夜》的音节，我已经讲得很多了，太多了。诗的真精神其实不在音节上。音节究属外在的质素，外在的质素是具质成形的，所以有分析，比量的余地，偏是可以分析比量的东西，是最不值得分析比量的。幻想，情感——诗的其余的两个更重要的质素——最有分析比量的价值的两部分，倒不容分析比量了；因为他们是不可思议同佛法一般的。最多我们只可定夺他的成分的有无，最多许可揣测他的度量的多少；其余的便很难像前面论音节论的那样详殚了。但是可惜得很，正因为他们这样的玄秘性，他们遂被一般徒具肉眼——或竟是瞎眼的诗人——诗的罪人——所忽视，他们偿了玄秘性的代价。不幸的诗神啊！他们争道替你解放，"把从前一切束缚'你的'自由的枷锁镣铐……打破；"谁知在打破枷锁镣铐时，他们竟连你的灵魂也一齐打破了呢！不论有意无意，他们总是罪大恶极啊！

四

　　在这里我们没有工夫讨论情感同幻想为什么那样重要。天经地义的道理的本身光明正大有什么可笑的呢？不过正因为他们是天经地义，人人应该已经习知，谁若还来讲他，足见他缺乏常识，所以可笑了。我们现在要研究的是《冬夜》里这两种成分到的有多少。先讲幻象。

　　幻象在中国文学里素来似乎很薄弱。新文学——新诗里尤其缺乏这种质素，所以读起来总是淡而寡味，而且有时野俗得不堪。《草儿》《冬夜》两诗集同有此病；今来查验《冬夜》。先从小的地方起，我们来看《冬夜》的用字何如。前面我已指出叠字法的例子很多；在那里从音节的一方面看来，滥用叠字更是重复，其结果便是单调的感效。在这里从幻想一方面看来，滥用叠字的罪过更大，——就是幻想自身的亏缺。魏莱 (Arthur Waley) 讲中国文里形容词没有西文里用得精密；如形容天则曰"青天"，"蓝天"，"云天"，但从没有称为"凯旋"(triumphant) 或"鞭于恐怖"(terror scourged) 者，这种批评《冬夜》也难脱逃。他那所用的字眼——形容词状词——差不多还是旧文库里的那一套老存蓄。在这堆旧字眼里，叠字法究居大半；如"高山正苍苍，大野正茫茫；""新鬼们呦呦的叫；故鬼们啾啾的哭；""风来草拜声萧萧；""华表巍巍没字碑，"等等，不计其数。这种空空疏疏模模糊糊的描写法使读者丝毫得不着一点具体的印象，当然是弱于幻想力的结果。斯宾塞同拉拔克 (Lubbock) 两人都讲重复的原则——即节奏——帮助造成了很"原始的"字。拉拔克并发现原始民族的文字中每一千字有三十八至一百七十字是叠音字，但欧洲的文字中每千字只有两字是的。这个统计正好证明欧洲文字的进化不复依赖重叠抽象的声音去表示他们的意象，但他们的幻想之力能使他们以具体的意象自缀成字。中国文字里叠音字也极多，这正是他的缺点。新诗应该急起担负改良的责任。

《冬夜》里用字既已如上述，幻想之空疏庸俗，大体上也可想而知了。全集除极少数外稍微有些淡薄的幻想的点缀，其余的恰好用作者自己的话表明——

> "这间看看空着，
> 那间看看还是空着，
> ………
> 怎样的空虚无聊！"
> 最有趣的一个例是《送缉斋》的第三四行——
> "行客们磨蚁般打旋，
> 等候着什么似的。"

用打旋的磨蚁比月台上等车的熙熙攘攘的行客们，真是再妙没有了。但是的下连着一句"等候着什么似的，"那"什么"到的是什么呢，就想不出了。两截互相比照可以量出作者的"笔力"之所能到同所不能到之处了。《冬夜》里见"笔力"——富于幻想的作品也有些。写景的如《春水船》里胡适教授所赏的一段，不必再引了。《绍兴西郭门头的半夜》的头几行径直是一截活动影片了——

> "乌篷推起，我踞在船头上。
> 三里——五里——
> 如画的女墙傍在眼前；
> 臃肿的山，那瘦怯的塔，
> 也悄悄的各自移动。"

同首末节里描写铁炉的一段也就惟妙惟肖了，——

> "风炉抽动，蓬蓬地涌起一股火柱，
> 上下眩耀着四围。
> 酱赭的皮肉，蓝紫的筋和脉，
> 都在血黄色的芒角下赤裸裸地。
> 流铁红满了勺子，猛然间泻出；
> 银电的一溜，花筒也似的喷溅。
> 眩人的光呀！劳人的工呀！"

还有《在路上的恐怖》中的这一段，也写得历历如画。——

> "一盏黄蜡般的油灯，
> 射那灰尘扑落的方方格子。
> 她灯前做着活计，
> 红皱皱的脸映着侧面来的火光，
> 手很应节的来往。"

有一处用笔较为轻淡，而其成效则可与《草儿》中写景最佳处抗衡。——

> "落日恋着树梢,
> 羊缚在树边低着头颈吃草,
> 墩旁的人家赶那晚晴晾衣。"

其余的意象很好颇有征引的价值者,便是下面这些了。——

> "……
> 也暂时温暖起'儿时'的滋味,
> 依稀酒样的酽,睡样的甜。"

> "或者傻小孩子的手,
> 把和生命一起来的铁链,
> 象粉条扯得寸断了,
> 抹一抹尊者的金脸。"

> "锄头亲遍地母嘴,
> 万头喝饱人间血!"
> "有人煨灶猫般的蜷着,
> 听风雨的眠歌儿,
> 催他迷迷糊糊向着一处。"

上列的四个例在《冬夜》里都算特出的佳句;但是比起冰心女士的——

> "听声声算命的锣儿,
> 敲破世人的命运。"

或郭沫若君的——

> "弯弯的海岸,好像 Cupid 的弓弩呀!
> 人的生命便是箭,正在海上放射呀!"

便又差远了。这两位诗人的话，不独意象奇警，而且思想隽远耐人咀嚼。《冬夜》还有些写景写物的地方，能加以主观的渲染，所以显得生动得很，此即华茨活所谓"渗透物象的生命里去了，"——

> "岸旁的丛草没消尽他们的绿意，
> 明知道是一年最晚的容光了，
> 垂垂的快蘸着小河的脸。
>
> 树迎着风，草迎着风；
> 他俩实在都老了，
> 尽是皮赖着。
> 不然——
> 晚秋也太憔悴啊！"

但这里的意思和《风的话》里颇有些雷同，——

> "白云粘在天上，
> 一片一团的嵌着堆着。
> 小河对他，
> 也板起灰色脸皮不声不响。
> 枝儿枯了，叶儿黄了
> 但他俩忘不了一年来的情意，
> 愿厮守老丑的光阴，
> 安安稳稳的挨在一起。"

集中有最好的意象的句子，现在我差不多都举了。可惜这些在全集中只算是一个很微很微的分数。

恐怕《冬夜》所以缺少很有幻象的作品，是因为作者对于诗——艺术的根本观念的错误。作者的《诗的进化的还原论》内包括两个最紧要之点，民众化的艺术与为善的艺术。这篇文已经梁实秋君驳过了，我不必赘述。且限于篇幅也不能赘述。我现在只要将俞君的作品的缺憾指出来，并且证明这些缺憾确是作者的谬误的主张的必然的结果。《冬夜》自序里讲道:"我只愿随随便便的活活泼泼的借当代的言语去表现出自我,在人类中间的我,为爱而活着的我。至于表现的……是诗不是诗,这都和我的本意无关,我以为如要顾念到这些问题,就可根本上无意做诗,且亦无所谓诗了。"俞君把做诗看做这样容易,这样随便,难怪他做不出好诗来。鸠伯 (Joubert) 讲:"没有一个不能驰魂褫魄的东西能成为诗的,在一方面讲,Lyre 是样有翅膀的乐器。"麦克孙姆 (Hiram Maxim) 讲:"作诗永远是一个创造庄严的动作。"诗本来是个抬高的东西,俞君反拼命的把他往下拉,拉到打铁的抬轿的一般程度。我并不看轻打铁抬轿的的人格,但我确乎相信他们不是作好诗懂好诗的人。不独他们,便是科学家哲学家也同他们一样。诗是诗人作的,犹之乎铁是打铁的打的,轿是抬轿的抬的。惟其俞君要用打铁抬轿的身份眼光,依他们的程度去作诗,所以就闹出这一类的把戏来了,——

> "怕疑心我是偷儿呢;
> 这也说不定有的。
> 但他们也太装幌子了!
> 老实说一句;
> 在您贵庙里
> 我透熟的了,
> 可偷的有什么?
> 神象,房子,那地皮! "

> "列车斗的寂然,
> 到那一站了?
> 我起来看看。
> 路灯上写着'泊头',
> 我知道,到的是泊头。

> 过了多少站,
> 泊头的经过又非一次,

我怎么独关心今天的泊头呢？

"'八毛钱一筐！'
卖梨者的呼声。
我渴极了，
却没有这八毛钱。

梨始终在筐子里，
现在也许还在筐子里，
但久已不关我了，

这是我这次过泊头，最遗恨的一件事。"

照这样看来，难怪作者讲："我严正声明我做的不是诗。"新诗假若还受人攻击，受人贱视，定归这类的作品负责。《冬夜)里还有些零碎的句子，径直是村夫市侩的口吻，实在令人不堪——

"路边，小山似的起来，
是山吗？呸！
瓦砾堆满了的'高墩墩。'"
"枯骨头，华表巍巍没字碑，
招什么？招个——呸！"

"去远了——
唉！回来罢！"
"来时拉纤，去时溜烟；"

同

"就难免'蹩脚'样的拖泥带水。"

戴叔伦讲："诗人之词如蓝田日暖，良玉生烟。"作诗该当怎样雍容冲雅，"温柔敦厚！"我真不知道俞君怎么相信这种叫嚣粗俗之气便可入诗！难道这就是所谓"民众化"者吗？

五

《冬夜》里情感的质素也不是十分地丰富。热度是有的，但还没到史狄芬生所谓"白热"者。集中最特出的一种情感是"人的热情"——对于人类的深挚的同情。《游皋亭山杂诗》第四首有一节很足以表现作者的胸怀——

> "在这相对微笑的一瞬，
> 早拴上一根割不断的带子。
> 一切含蓄着的意思，
> 如电的透过了，
> 如水的融合了。
> 不再说我是谁，
> 不再问谁是你，
> 只深深觉着有一种不可言，不可说的人间之感！"

集中表现最浓厚的"人间之感"的作品，当然是《无名的哀诗》——

> "酒糟的鼻子，酒糟的脸，
> 抬着你同样的人，喘吁吁的走；"

只这"同样"两个字里含着多少的嫉愤，多少的悲哀！其次如《鸱鹰吹醒了的》也自缠绵悱恻，感人至深。这首诗很有些像易卜生的《傀儡之家》

> "…………
> 哭够了，撇了跑。
> 不回头么，回头只说一句话：

> '几时若找着了人间的爱,
> 我张开手搂你们俩啊!'"

比比这个——

> "郝尔茂　但是我却相信他。告诉我?我们须变到怎样?——
> 娜拉　须变到那步田地,使我们同居的生活可以
> 算得真正的夫妻。再见吧!"

《哭声》比较前两首似乎差些。他着力处固是前两首所没有的,——

> "说是白哟!
> 埋在灰炉下的又焦又黑。
> 让红眼睛的野狗来收拾,
> 刮刮地,衔了去,慢慢啃着吃,
> 呷着嘴舐那附骨的血,
> 衔不完的扔在瓦砾。"

但总觉得有些过火,令人不敢复读。韩愈的《元和圣德诗》里写刘辟受刑的一段至因这样受苏辙的批评。我想苏辙的批评极是,因为"丑"在艺术上固有相当的地位,但艺术的神技应能使"'恐怖'穿上'美'的一切的精致,同时又不失其要质。"(Horror puts on a11 the daintiness of beauty, losing none of itsessence.)

如同薛雷的——

> "Foodless Toads
> Within voluptuous chambers panting crawled."

首节描写"高墩墩"上"披离着几十百根不青不黄的草,"将他比着"秃头上几簇稀稀剌剌的黄毛"也很妙。比比卜郎宁手技看——

"Well now，look at our villa！stuck like

qbe horn of a bull

Just On a mountain edge as bare

As the creature's skull

Save a mere shag of a bush

With hardly a leave to pull！ "

倒是下面这几行写的极佳，可谓"哀而不伤"——

"高墩墩被裹在'笑'的人间里，
一年的春风，一年的春草：
长了，又绿了一片了！
辨不出血沁过的根苗枝叶"

这首诗还有一个弱点——其实是《冬夜》全集的弱点——那就是拉的太长了。拉长了，纵有极热的情感，也要冷下去了，更怕在读者方面起了反响，渐生厌恶呢！这首诗里第二节从"颠狂似的……"以至"这诚然……"凡二十二行，实在可以完全删去。况且所拉长的地方都是些带哲学气味的教训，如最末的三行——

"我们原不解超人间的'所以然；'
真感到的，
无非人间世的那些'不得不！'"

像这种东西也是最容易减杀情感的。克慈讲：

"Allcharmsny

AIthemeretouchOfphilosophy."

近来新诗里寄怀赠别一类的作品太多。这确是旧文学遗传下来的恶习。

文学本出于至性至情，也必要这样才好得来。寄怀赠别本也是出于朋友间离群索居的情感，但这类的作品在中国唐宋以后的文学界已经成了一种应酬的工具。甚至有时标题是首寄怀的诗，内容实在是一封家常细故的信。《东坡集》中最多这类作品。作诗到了这步田地，真是不可救药了。新文学界早就有了这种觉悟，但实际上讲来，我们中惯习的毒太深，这种毛病，犯的还是不少。我不知道《冬夜》的作者作他那几首送行的诗——《送金甫到纽约》，《和你撒手》和《送缉斋》——是有真挚的离恨没有？倘若有了，这几首诗，确是没有表现出来。《屡梦孟真作此寄之》是有情感的根据，但因拉的太长，所以也不能动人。魏莱在他的《百七十首中国诗序》里比较中国诗同西洋诗中的情感，讲得很有意思。他说西洋诗人是个恋人，中国诗人是个朋友："他（中国诗人）只从朋友间找同情与知识的侣伴，"他同他的妻子的关系是物质的。我们历观古来诗人如苏武同李陵，李白同杜甫，白居易同元稹，皮日休同陆龟蒙等等的作品，实有这种情形。大概古人朋友的关系既是这样，我们当然允许他们什么寄怀赠别一类的作品，无妨多作，也自然会多作。他们已有那样的情感，又遇着那些生离死别的事，当然所发泄出的话没有不真挚的，没有不是好诗的。我很不相信杜甫的《梦李白》里这样的话，

"水深波浪阔，无使蛟龙得！"

是寻常的交情所能产出的。但是在现在我们这渐趋欧化的社会里，男女关系发达了，朋友间情感不会不减少的，所以我差不多要附和奈尔孙（William Allen Nelson）的意见，将朋友间的情感编入情操（sentiment）——第二等的情感——的范畴中。若照这样讲，朋友间的情感，以后在新诗中的地位，恐怕要降等了。《屡梦孟真作此寄之》中间的故事虽似同杜甫三夜频梦李白相仿佛，但这首诗同梦李白径直没有比例了。这虽因俞君的艺术不及杜甫，但根本上我恐怕两首诗所从发源的情感也大不相同吧！近来已出版的几部诗集里，这种作品似乎都不少（《草儿》里最多），而且除了康白情君的《送客黄浦》同郭沫若君的《新阳关三叠》之外，差不多都非好诗。所以我讲到这地方来，就不知不觉的说了这些闲话。

《冬夜》里其余的作品有咏花草的，如《菊》，《芦》，《腊梅和山茶》，有

咏动物的，如《小伴》，《黄鹄》，《安静的绵羊》，有咏自然的，如《风的话》，《潮歌》，《风尘》，《北京的又一个早春》等；有纪游的，如，《冬夜之公园》，《绍兴西郭门头的半夜》，《如醉梦的踯躅》，《孤山听雨》，《游皋亭山杂诗》，《忆游杂诗》，《北归杂诗》，还有些不易分类的杂品。这些作品中有的带点很淡的情绪，有的比较浓一点；但都可包括在下面这几种类里，——讽刺，教训，哲理，玄想，博爱，感旧，怀古，思乡，还有一种可以叫做闲愁。这些情感加上前面所论的赠别寄怀，都是第二等的情感或情操。奈尔孙讲："情操"二字，"是用于较和柔的情感，同思想相连属的，由观念而发生的情感之上，以与热情比较为直接地倚赖于感觉的情感相对待。"又说"像友谊，爱家，爱国，爱人格，对于低等动物的仁慈的态度一类的情感，同别的寻常称为'人本的'(hu-manitarian)之情感……这些都属于情操。"我们方才编汇《冬夜》的作品所分各种类，实不外奈尔孙所述的这几件。而且我尤信作者的人本主义是一种经过了理智的程序的结果，因为人本主义是新思潮的一部分，而新思潮当然是理智的觉悟。既然人本主义这样充满《冬夜》，我们便可以判定《冬夜》里大部分的情感，是用理智的方法强迫的，所以是第二流的情感。

我们不妨再把《冬夜》分析分析，看他有多大一部分是映射着新思潮的势力的。《无名的哀诗》，《打铁》，《绍兴西郭门头的半夜》，《在路上的恐怖》是颂劳工的；《他们又来了》，《哭声》是刺军阀的，《打铁》也可归这类；《可笑》是讽社会的；《草里的石碑和赑屃》和《所见》是嫉政府的压制的；《破晓》，《最后的洪炉》，《歧路之前》是鼓励奋斗的；《小伴》是催促觉悟的；《挽歌》，《游皋亭山杂诗》中一部分是提倡人道主义的；至于《不知足的我们》更是新文化运动里边一幕的实录。大概统计这类的作品，要占全集四分之一，其余还有些间接的带着新思潮的影响，不在此内。所以这样看来，《冬夜》在艺术界假若不算一个成功，至少他是一个时代的镜子，历史上的价值是不可磨灭的。

严格的讲来，只有男女间恋爱的情感，是最烈的情感，所以是最高最真的情感。《冬夜》里关于这种情感的作品也有；如《别后的初夜》，《愿你》即是。《愿你》前面已讲过了，现在研究研究《别后的初夜》——

"我迷离在梦儿间

你长伴我在梦儿边。
虽初冬的长夜，
太快了，来朝的天亮！
他将消失我清宵的恋乡。

天匆匆的亮了，
你匆匆的远了，
方才真远了！

盼你来罢！
盼夜来罢！”

将上面这一段试比梁实秋君的《梦》后，何如？

"'吾爱啊！
你怎又推荐那孤另的枕儿，
伴着我眠，偎着我的脸？'
醒后的悲哀啊！
梦里的甜蜜啊！
我怨雀儿
雀儿还在檐下蜷伏着呢！
他不能唤我醒——
他怎肯抛弃了他的甜梦呢？

'吾爱啊！
对这得而复失的馈礼
我将怎样的怨艾呢？
对这缥缈浓甜的记忆，
我将怎样的咀嚼哟！'

孤另的枕儿啊！
想着梦里的她，
舍不得偎着你；
她的脸儿是我的花，
我把泪来浇你！"

只这一相形之下，美丑高低，便了如指掌了，别的话何必多说？但是有一个地方我很怀疑，不知到的讲好还是不讲好。还是讲了吧！看下面这几行——

"被窝暖暖地，
人儿远远地，
我怎不想起人儿远呢！"

我的朋友们读过这首诗的，看到这几行没有不噗嗤笑了的。我想古来诗人恋者触物怀人，有因帐以起兴的，如曹武的"白玉帐寒鸳梦绝"；有因簟以起兴的，如李商隐的"欲拂尘时簟竟床"；也有因枕以起兴的，如李白的"为君留下相思枕"，就如前面梁君也讲到"枕儿"，大概这些品物都可以入诗，独有讲到"被窝"，总嫌有点欠雅。旧诗中这种例也有，如"愿言捧绣被，长就越人宿，""珠被玳瑁床，感郎情意深。""横波美目虽复来，罗被遥遥不相及"等等，正复不少。但终觉秽亵不堪设想。旧诗有词藻的遮饰同音节的调度，已能减少原意的真实性，但尚且这样的不堪，何况是用当代语言作的新诗，更是俞君这样写实的新诗呢！

总之，《冬夜》里所含的情感的质素，十之八九是第二流的情感。一两首有热情的根据的作品，又因幻象缺乏，不能超越真实性，以至流为劣等的作品；所以若是诗的价值是以其情感的质素定的，那么《冬夜》的价值也就可想而知了。我再引奈尔孙的话来作证："从表现他们'情操'最明显的诗看来，这些质素当然不算委琐，并且也许是最紧要的特质，但是从诗的大体上看来，他们可要算委琐的了，因为伟大的作品可以舍他们而存在。"

我们现在也不妨根据奈尔孙这句话前半的条件，来将《冬夜》里富于情操的作品，每首单独的讲讲。我恐怕在前面将《冬夜》抑之过甚；现在这样做，定能订正前面"一笔抹煞"的毛病。就一诗论一诗，《凄然》确乎是首完美的作品。作者序里讲："岂非情缘境生，而境随情感耶？"惟其有境有情，所以就有好诗，正不必因"文人结习"而病之。

> "明艳的凤仙花，
> 喜欢开到荒凉的野寺；
> 那带路的姑娘，
> 又想染红她的指甲，
> 向花丛去掐了一握。
> 他俩只随随便便的，
> 似乎就此可以过去了；
> 但这如何能，在不可聊赖的情怀？"

这种神妙的"兴趣"是"不以言诠"的！除《凄然》外，。还有几首诗放在《冬夜》里太不像了；这便是《黄鹄》，《小劫》同《归路》。这几首诗都有一种超自然的趣味，同集中最足代表作者的性格的作品如《打铁》，《一勺水啊》等正相反——太相反了！径直是两个极端；一个在云外，一个在泥中，当然他们是从骚赋里脱胎出来的，但这种熔铸旧料的方法是没有害处的，假若俞君所主张的平民的风格，可以比拟华茨活的态度，这几首诗当可比之科立玑的态度了。(见 Lyrical Ballads 序中。)《黄鹄》似乎暗示于科立玑的《古舟子咏》中之神鸟，《归路》则暗示《忽必烈汗》(亦得之于梦中)。华茨活与科立玑只各尽一端以致胜，而俞君乃兼而有之；这又是我不能懂的一件怪事了。一面讲着那样鄙俗的话语，一面又唱出这样高超的调子来，难道作者有两个自我吗？啊！如何这样的矛盾啊！啊！叫我赞颂呢？还是叫我诅骂呢？诗人啊！明知道"看下方"会"撕碎吾身荷苨的芳香"，"为什么'还'要低头"呢？

> "凤凰翔于千仞兮，览德辉而下之！"

六

　　总括地讲几句作个收束。大体上看来.《冬夜》的长处在他的音节，他的许多弱点也可以推源而集中于他的音节。他的情感也不挚，因为太多教训理论。——一言以蔽之，太忘不掉这人间世。但追究其根本错误，还是那"诗的进化的还原论"。俞君不是没有天才，也不是没有学力，虽于西洋文学似少精深的研究。但是他那谬误的主义一天不改掉，虽有天才学力，他的成功还是疑问。培根讲，诗"中有一点神圣的东西，因他以物之外象去将就灵之欲望，不是同理智和历史一样，屈灵于外物之下，这样，他便能抬高思想而使之以入神圣。"所以俞君！不作诗则已，要作诗决不能还死死地贴在平凡琐俗的境域里！

《女神》之时代精神

  若讲新诗，郭沫若君的诗才配称新呢，不独艺术上他的作品与旧诗词相去最远，最要紧的是他的精神完全是时代的精神——二十世纪的时代的精神。有人讲文艺作品是时代的产儿。《女神》真不愧为时代的一个肖子。

  （一）二十世纪是个动的世纪。这种的精神映射于《女神》中最为明显。《笔立山头展望》最是一个好例——

> "大都会的脉搏呀！
>
> 生的鼓动呀！
>
> 打着在，吹着在，叫着在，……
>
> 喷着在，飞着在，跳着在……
>
> 四面的天郊烟幕蒙笼了！
>
> 我的心脏呀，快要跳出口来了！
>
> 哦哦，山岳的波涛，瓦屋的波涛，
>
> 涌着在，涌着在，涌着在，涌着在呀！
>
> 万籁共鸣的 symphony，
>
> 自然与人生的婚礼呀！
>
> ………"

  恐怕没有别的东西比火车的飞跑同轮船的鼓进（阅《新生》与《笔立山

头展望》) 再能叫出郭君心里那种压不平的活动之欲罢？再看这一段供招——

"今天天气甚好，火车在青翠的田畴中急行，好像个勇猛沉毅的少年向着希望弥漫的前途努力奋迈的一般。飞！飞！一切青翠的生命，灿烂的光波在我们眼前飞舞。飞！飞！飞！我的自己融化在这个旁礴雄浑的 rhythm 中去了！我同火车全体，大自然全体，完全合而为一了！我凭着车窗望着旋回飞舞着的自然，听着车轮鞚辚的进行调，痛快！痛快！……"

（《与宗白华书》《三叶集》）

这种动的本能是近代文明一切的事业之母，他是近代文明之细胞核。郭沫若的这种特质使他根本上异于我国往古之诗人。比之陶潜之——

"结庐在人境，而无车马喧"：

一则极端之动，一则极端之静，静到——

"心远地自偏，"

隐遁遂成一个赘疣的手续了，——于是白居易可以高唱着——

"大隐隐朝市，"

苏轼也可以笑那——

"北山猿鹤漫移文"了。

（二）二十世纪是个反抗的世纪。"自由"的伸张给了我们一个对待权威的利器，因此革命流血成了现代文明的一个特色了。《女神》中这种精神更了如指掌。只看《匪徒颂》里的一些。——

"一切……革命的匪徒们呀！

万岁！万岁！万岁！"

那是何等激越的精神，直要骇得金脸的尊者在宝座上发抖了哦。《胜利的死》真是血与泪的结晶；拜伦，康沫尔的灵火又在我们的诗人的胸中烧着了！

你暗淡无光的月轮哟！我希望我们这阴莽莽的地球，在这一刹那间，早早同你一样冰化！

啊！这又是何等的疾愤！何等的悲哀！何等的沉痛！——

"汪洋的大海正在唱着他悲壮的哀歌，

穹隆无际的青天已经哭红了他的脸面，远远的西方，太阳沉没了！——
悲壮的死哟！金光灿烂的死哟！凯旋同等的死哟！胜利的死哟！
兼爱无私的死神！我感谢你哟！你把我敬爱无暨的马克斯威尼早早救了！
自由的战士，马克斯威尼，你表示出我们人类意志的权威如此伟大！
我感谢你呀！赞美你呀！'自由'从此不死了！
夜幕闭了后的月轮哟！何等光明呀！……"

(三)《女神》的诗人本是一位医学专家。《女神》里富有科学的成分也是无足怪的。况且真艺术与真科学本是携手进行的呢。然而这里又可以见出《女神》里的近代精神了。略微举几个例——

"你去，去寻那与我的振动数相同的人；
你去！去寻那与我的燃烧点相等的人。"

(《序诗》)

"否，否。不然！是地球在自转，公转。"

(《金字塔》)

我是 X 光线的光，

我是全宇宙的 enemy 的总量！"

（《天狗》）

"我想我的前身

原本是有用的栋梁，

我活埋在地的多年，

到今朝才得重见天光。"

（《炉中煤》）

"你暗淡无光的月轮哟……早早同你一样冰化！"

（《胜利的死》）

至于这些句子像——

"我要把我的声带唱破！"

（《梅花树下醉歌》）

我的一枝枝的神经纤维在身中战栗。"

（《夜步十里松原》）

还有散见于集中的许多人体上的名词如脑筋，脊髓，血液，呼吸，……更完完全全的是一个西洋的 doctor 的口吻了。上举各例还不过诗中所运用之科学知识，见于形式上的。至于那讴歌机械的地方更当发源于一种内在的科学精神。在我们的诗人的眼里，轮船的烟筒开着了黑色的牡丹是"近代文明的严母"，太阳是亚波罗坐的摩托车前的明灯；诗人的心同太阳是"一座公司的电灯"；云日更迭的掩映是同探海灯转着一样；"火车的飞跑同于"勇猛沉毅的少年"之努力，在他眼里机械已不是一些无声的物具，是有意识有生机如同人神一样。机械的丑恶性已被忽略了；在幻象同感情的魔术之下他已穿上美丽的衣裳了呢。

这种伎俩恐怕非一个以科学家兼诗人者不办。因为先要解透了科学，亲近了科学，跟他有了同情，然后才能驯服他于艺术的指挥之下。

（四）科学的发达使交通的器械将全世界人类的相互关系捆得更紧了。因有史以来世界之大同的色彩没有像今日这样鲜明的。郭沫若的《晨安》便是这种 cosmopolitanism 的证据了。《匪徒颂》也有同样的原质，但不是那样明显。即如《女神》全集中所用的方言也就有四种了。他所称引的民族，有黄人，有白人，还有"有火一样的心肠"的黑奴。他所运用的地名散满于亚美欧非四大洲。原来这种在西洋文学里不算什么。但同我们的新文学比起来，才见得是个稀少的原质，同我们的旧文学比起来更不用讲是破天荒了。啊！诗人不肯限于国界，却要做世界的一员了；他遂喊道——

> "晨安！梳人灵魂的晨风呀！
> 晨风呀！你请把我的声音传到四方去罢！"

（《晨安》）

（五）物质文明的结果便是绝望与消极。然而人类的灵魂究竟没有死，在这绝望与消极之中又时时忘不了一种挣扎抖擞的动作。二十世纪是个悲哀与兴奋的世纪。二十世纪是黑暗的世界，但这黑暗是先导黎明的黑暗。二十世纪是死的世界，但这死是预言更生的死。这样便是二十世纪，尤其是二十世纪的中国。

> "流不尽的眼泪，
> 洗不净的污浊，
> 浇不熄的情炎，
> 荡不去的羞辱。"

（《凤凰涅槃》）

不是这位诗人独有的，乃是有生之伦，尤其是青年们所同有的。但虽处的青年虽一样地富有眼泪，污浊，情炎，羞辱，恐怕他们自己觉得并不十分真切。只有现在的中国青年——"五四"后之中国青年，他们的烦恼悲哀真像火一样烧着，潮一样涌着，他们觉得这"冷酷如铁"，"黑暗如漆"，"腥秽如血"的宇宙真一秒钟也羁留不得了。他们厌这世界，也厌他们自己。于是急躁者归于自杀，忍耐者力图革新。革新者又觉得意志总敌不住冲动，则抖擞起来，又跌倒下去了。但是他们太溺爱生活了，爱他的甜处，也爱他的辣处。他们决不肯脱逃，也不肯降服。他们的心里只塞满了叫不出的苦，喊不尽的哀。他们的心快塞破了，忽地一个人用海涛的音调，雷霆的声响替他们全盘唱出来了。这个人便是郭沫若，他所唱的就是《女神》。难怪个个中国青年读《女神》没有不椎膺顿足同《湘累》里的屈原同声叫道——

> "哦，好悲切的歌词！唱得我也流起泪来了。
> 流罢！流罢！我生命的泉水呀！你一流了出来，
> 好像把我全身的烈火都浇息了的一样。
> ……你这不可思议的内在的灵泉，你又把我苏活转来了！"

啊！现代的青年是血与泪的青年，忏悔与奋兴的青年。《女神》是血与泪的诗，忏悔与奋兴的诗。田汉君在给《女神》之作者的信讲得对："与其说你有诗才，无宁说你有诗魂，因为你的诗首首都是你的血，你的泪，你的自叙传，你的忏悔录啊！"但是丹穴山上的香木不只焚毁了诗人的旧形体，并连现时一切的青年的形骸都毁掉了。凤凰的涅槃是一切青年的涅槃。凤凰不是唱道？——

> "我们更生了！
> 我们更生了！
> 一切的一，更生了！
> 一的一切，更生了！
> 我们便是'他'，他们便是我！
> 我中也有你，你中也有我！
> 你便是你，
> 我便是我！"

奇怪得很，北社编的《新诗年选》偏取了《死的引诱》作《女神》的代表之一。他们非但不懂读诗，并且不会观人。《女神》的作者岂是那样软弱的消极者吗？

> "你去！去在我可爱的青年的兄弟姊妹胸中；
> 把他们的心弦拨动，
> 把他们的智光点燃罢！"

（《序诗》）

假若《女神》里尽是《死的引诱》一类的东西，恐怕兄弟姊妹的心弦都被他割断，智光都被他扑灭了呢！

原来蹈恶犯罪是人之常情。人不怕有罪恶，只怕有罪恶而甘于罪恶，那便终古沉沦于死亡之渊里了。人类的价值在能忏悔，能革新。世界的文化也不过由这一点发生的。忏悔是美德中最美的，他是一切的光明的源头，他是尺蠖的灵魂渴求展伸的表象。

> "唉！泥上的脚印！
> 你好像是我灵魂儿的象征！
> 你自陷了泥涂，
> 你自会受人蹂躏。
> 唉，我的灵魂！
> 你快登上山顶！"

（《登临》）

所以在这里我们的诗人不独喊出人人心中的热情来，而且喊出人人心中最神圣的一种热情呢！

《女神》之地方色彩

现在的一般新诗人——新是作时髦解的新——似乎有一种欧化的狂癖，他们的创造中国新诗的鹄的，原来就是要把新诗作成完全的西文诗。(有位作者曾在《诗》里讲道，他所谓后期的作品"已与以前不同而和西洋诗相似"，他认为这是新诗的一步进程，……是件可喜的事。)《女神》不独形式十分欧化，而且精神也十分欧化的了。《女神》当然在一般人的眼光里要算新诗进化期中已臻成熟的作品了。

但是我从头到今，对于新诗的意义似乎有些不同。我总以为新诗径直是"新"的，不但新于中国固有的诗，而且新于西方固有的诗，换言之，它不要作纯粹的本地诗，但还要保存本地的色彩，他不要做纯粹的外洋诗，但又尽量的吸收外洋诗的长处，他要做中西艺术结婚后产生的宁馨儿。我以为诗同一切的艺术应是时代的经线，同地方纬线所编织成的一匹锦，因为艺术不管它是生活的批评也好，是生命的表现也好，总是从生命产生出来的，而生命又不过时间与空间两个东西的势力所遗下的脚印罢了。在寻常的方言中有"时代精神"同"地方色彩"两个名词，艺术家又常讲自创力 (o-roginality)，各作家有各作家的时代与地方，各团体有各团体的时代与地方，各不皆同，这样自创力自然有发生的可能了。我们的新诗人若时时不忘我们的"今时"同我们的"此地"，我们自会有了自创力，我们的作品自既不同于今日以前的旧艺术，又不同于中国以外的洋艺术。这个然后才是我们翘望默祷的新艺术了！

我们的旧诗大体上看来太没有时代精神的变化了，从唐朝起，我们的诗发育到成年时期了，以后便似乎不大肯长了，直到这回革命以前，诗的形式同精神还差不多是当初那个老模样。（词曲同诗相去实不甚远，现行的新诗却大不同了。）不独艺术为然，我们的文化的全体也是这样，好像吃了长生不老的金丹似的。新思潮的波动便是我们需求时代精神的觉悟。于是一变而矫枉过正，到了如今，一味的时髦是骛，似乎又把"此地"两字忘到踪影不见了。现在的新诗中有的是"德谟克拉西"，有的是泰果尔，亚坡罗，有的是"心弦""洗礼"等洋名词。但是，我们的中国在那里？我们？千年的华胄在那里？那里是我们的大江，黄河，昆仑，泰山，洞庭，西子？又那里是我们的"三百篇"，"楚骚"，李，杜，苏，陆？《女神》关于这一点还不算罪大恶极，但多半的时候在他的抒情的诸作里并不强似别人。《女神》中所用的典故，西方的比中国的多多了，例如 Apollo，Venus，Cupid，Bacchus，Prometheus，Hygeia，……是属于神话的，其余属于历史的更不胜枚举了。《女神》中的西洋的事物名词处处都是，数都不知从那里数起。《凤凰涅槃）的凤凰是天方国的"菲尼克斯"，并非中华的凤凰。诗人观画观的是 Millet 的 Shepherdess，赞像赞的是 Beethoven 的像。他所羡慕的工人是炭坑里的工人，不是人力车夫。他听鸡声，不想着笛簧的律吕而想着 orchestra 的音乐。地球的自转公转，在他看来，"就好像一个跳着舞的女郎"，太阳又"同那月桂冠儿一样"。他的心思分驰时，他又"好像个受着磔刑的耶稣"。他又说他的胸中像个黑奴。当然《女神》产生的时候，作者是在一个盲从欧化的日本，他的环境当然差不多是西洋环境，而且他读的书又是西洋的书，无怪他所见闻，所想念的都是西洋的东西。但我还以为这是一个非常的例子，差不多是个畸形的情况。若我在郭君的地位，我定要用一种非常的态度去应付，节制这种非常的情况。那便是我要时时刻刻想着我是个中国人，我要做新诗，但是中国的新诗，我并不要做个西洋人说中国话，也不要人们误会我的作品是翻译的西文诗；那么我著作时，庶不致这样随便了。郭君是个不相信"做"诗的人，我也不相信没有得着诗的灵感者就可以从揉炼字句中作出好诗来。但郭君这种过于欧化的毛病也许就是太不"做"诗的结果。选择是创造艺术的程序中最紧要的一层手续，自然的不都是美的，美不是现成的。其实没有选择便没有艺术，因为那样便无以鉴别美丑了。

《女神》还有一个最明显的缺憾，那便是诗中央用可以不用的西洋文字了。《雪朝》《演奏会上》两首诗径直是中英合璧了，我们以为很多的英文字实没有用原文的必要。如 Pantheism，rhythm，energy，disillusion，orchestra，pioneer 都不是完全不能翻译的，并且有的在本集中他处已经用过译文的。实在很多次数，他用原文，并非因为意义不能翻译的关系，乃因音节关系，例如——

"我是全宇宙的 energy 的总量。"

像这种地方的的确确是兴会到了，信口而出，到了那地方似乎为音节的圆满起见，一个单音是不够的，于是就以"恩勒结"(energy) 三个音代"力"的一个音。无论作者有意地欧化诗体，或无意地失于检点，这总是有点讲不大过去的。这虽是小地方，但一个成熟的艺术家，自有余裕的精力顾到这里，以谋其作品之完美。所以我的批评也许不算过分吧？

我前面提到《女神》之薄于地方色彩的原因是在其作者所居的环境。但环境从来没有对于艺术产品之性质负过完全责任，因为单是环境不能产生艺术。所以我想日本的环境固应对《女神》的内容负一分责任，但此外定还有别的关系。这个关系我疑心或者就是《女神》之作者对于中国文化之隔膜。我们前篇已经看到《女神》怎样富于近代精神——即西方文化——不幸得很，是同我国的文化根本背道而驰的，所以一个人醉心于前者定不能对于后者有十分的同情与了解。《女神》的作者，这样看来，定不是对于我国文化真能了解，深表同情者。我们看他回到上海，他只看见——

"游闲的尸，淫嚣的肉，长的男袍，短的女袖，满目都是骷髅，满街都是灵柩，乱闯，乱走。"

其实他那知道"满目骷髅""满街灵柩"的上海实在就是西方文化遗下的罪孽？受了西方的毒的上海其实又何异于受了西方的毒的东京，横滨，长崎，神户呢？不过这些日本都市受毒受的更彻底一点罢了。但是这一段闲话是节外生枝，我的本意是要指出《女神》的作者对于中国，只看见他的坏处，看不见他的好处。他并不是不爱中国，而他确是不爱中国的文化。我个人同《女神》的作者的态度不同之处是在：我爱中国固因他是我的祖国，而尤因他是有他那种可敬爱的文化的国家；《女神》之作者爱中国，只因他是他的祖国，因为是他的祖国，便有那种不能引他敬爱的文化，他还是爱他。爱祖国是情绪的事，爱文化是理智的事。一般所提倡的爱国专有情绪的爱就够了；所以没有理智的爱并不足以诟病一个爱国之士。但是我们现在讨论的另是一个问题，是理智上爱国之文化的问题。（或精辨之，这种不当称爱慕而当称鉴赏。）

爱国的情绪见于《女神》中的次数极多，比别人的集中都多些。《棠棣之花》，《炉中煤》，《晨安》，《浴海》，《黄浦江口》都可以作证。但是他鉴赏中国文化的地方少极了，而且不彻的，在《巨炮之教训》里他借托尔斯泰的口气说道——

"我爱你是中国人。我爱你们中国的墨与老。"

在《西湖纪游》里他又称赞——

"那几个肃静的西人一心在校勘原稿。"

但是既真爱老子为什么又要作"飞奔""狂叫""燃烧"的天狗呢？为什么又要吼着——

"啊啊！不断的毁坏，不断的创造，不断的努力哟！"

（《立在地球边上放号》）

"我崇拜创造的精神，崇拜力，崇拜血，崇拜心脏；我崇拜炸弹，崇拜悲哀，崇拜破坏；"

（《我是个偶像崇拜者》）

"我要看你'自我'的爆裂开出血红的花来哟！"

（《新阳关三叠》）

我不知道他到的是个什么主张。但我只觉得他喊着创造，破坏，反抗，奋斗的声音，比——

"倡道慈俭，不敢先的三宝"

的声音大多了，所以我就决定他的精神还是西方精神。再者他所歌讴的东方人物如屈原，聂政，聂嫈，都带几分西方人的色彩。他爱庄子是为他的泛神论，而非为他的全套的出世哲学。他所爱的老子恐怕只是托尔斯泰所爱的老子。墨子的学说本来很富于西方的成分，难怪他也不反对。

《女神》的作者既这样富于西方的激动的精神，他对于东方的恬静的美当然不大能领略，《密桑索罗普之夜歌》是个特别而且奇怪的例外。《西湖纪游》不过是自然美之鉴赏。这种鉴赏同鉴赏太宰府，十里松原的自然美，没有什么分别。

有人提倡什么世界文学。那么不顾地方色彩的文学就当有了托辞了吗？但这件事能不能是个问题，宜不宜又是个问题。将世界各民族的文学都归成一样的，恐怕文学要失去好多的美。一样颜色画不成一幅完全的画，因为色彩是绘画的一样要素。将各种文学并成一种，便等于将各种颜色合成一种黑色，画出一张 sketch 来。我不知道一幅彩画同一幅单色的 sketch 比，那样美观些。西谚曰"变化是生活的香料"。真要建设一个好的世界文学，只有各国文学充分发展其地方色彩，同时又贯以一种共同的时代精神，然后并而观之，各种色料虽互相差异，却又互相调和，这便正符那条艺术的金科玉臬"变异中之一律"了。

以上我所批评《女神》之处，非特《女神》为然，当今诗坛之名将莫不皆然，只是程度各有深浅罢了。若求纠正这种毛病，我以为一桩，当恢复我们对于旧文学的信仰。因为我们不能开天辟地(事实与理论上是万不可能的)，我们只能够并且应当在旧的基础上建设新的房屋。二桩，我们更应了解我们东方的文化。东方的文化是绝对的美的，是韵雅的。东方的文化而且又是人类所有的最彻的的文化。哦！我们不要被叫嚣犷野的西人吓倒了！

"东方的魂哟！

雍容温厚的东方的魂哟！
不在檀香炉上袅袅的轻烟里了，
虔祷的人们还膜拜些什么？
东方的魂哟！
通灵洁彻的东方的魂哟！
不在幽篁的疏影里了，
虔祷的人们还供奉着些什么？"

（梁实秋）

宫体诗的自赎

　　宫体诗就是宫廷的，或以宫廷为中心的艳情诗，它是个有历史性的名词，所以严格的讲，宫体诗又当指以梁简文帝为太子时的东宫及陈后主，隋炀帝，唐太宗等几个宫廷为中心的艳情诗。我们该记得从梁简文帝当太子到唐太宗宴驾中间一段时期，正是谢朓已死，陈子昂未生之间一段时期。这其间没有出过一个第一流的诗人。那是一个以声律的发明与批评的勃兴为人所推重，但论到诗的本身，则为人所诟病的时期。没有第一流诗人，甚至没有任何诗人，不是一桩罪过。那只是一个消极的缺憾。但这时期却犯了一桩积极的罪。它不是一个空白，而是一个污点，就因为他们制造了些有如下面这样的宫体诗。

　　长筵广未同，上客娇难逼，还杯了不顾，回身正颜色。

（高爽《咏酌酒人》）

　　众中俱不笑，座上莫相撩。

（邓铿《奉和夜听妓声》）

　　这里所反映的上客们的态度，便代表他们那整个宫廷内外的气氛。人人眼角里是淫荡。

上客徒留目，不见正横陈。

（鲍泉《敬酬刘长史咏名士悦倾城》）

人人心中怀着鬼胎。

春风别有意，密处也寻香。

（李义府《堂词》）

对姬妾娼妓如此，对自己的结发妻亦然（刘孝威《都县寓见人织率尔赠妇》便是一例）。于是发妻也就成了倡家。徐悱写得出《对房前桃树咏佳期赠内》那样一首诗，他的夫人刘令娴为什么不可以写一首《光宅寺》来赛过他？索性大家都揭开了。

知君亦荡子，贱妾自倡家。

（吴均《鼓瑟曲有所思》）

因为也许她明白她自己的秘诀是什么。

自知心所爱，出入仕秦宫，谁言连尹屈，更是莫敖通？

（简文帝《艳歌篇·十八韵》）

简文帝对此并不诧异，说不定这对他，正是件称心的消息。堕落是没有止境的。从一种变态到另一种变态往往是个极短的距离，所以现在像简文帝《娈童》，吴均《咏少年》，刘孝绰《咏小儿采莲》，刘遵《繁华应令》，以及陆厥《中山王孺子妾歌》一类作品，也不足令人惊奇了。变态的又一类型是以物代人为求满足的对象。于是绣，领，袆腹，履，枕，席，卧具……全有了生命，而成为被沾污者。推而广之，以至灯烛，玉阶，梁尘，也莫不勇跃的助他们集中意念到那个荒唐的焦点，不用说，有机生物如花草莺蝶等更都是可人的同情者。

罗荐已擘鸳鸯被，绮衣复有葡萄带，残红艳粉映帘中，戏蝶流莺聚窗外。

（上官仪《八咏应制》）

看看以上的情形，我们真要疑心，那是作诗，还是在一种伪装下的无耻中求满足。在那种情形之下，你怎能希望有好诗！所以常常是那套褪色的陈词滥调，诗的本身并不能比题目给人以更深的印象。实在有时他们真不像是在作诗，而只是制题。这都是惨淡经营的结果：《咏人聘妾仍逐琴心》（伏知道），《为寒床妇赠夫》（王胄）。特别是后一例，仅有"闺情"，"秋思"，"寄远"一类的题面可用，然而作者偏要标出这样五个字来，不知是何居心。如果初期作者常用的"古意"、"拟古"一类暧昧的题面，是一种遮羞的手法，那么现在这些人是根本没有羞耻了！这由意识到文词，由文词到标题，逐步的鲜明化，是否可算作一种文字的裸裎狂，我不知道，反正赞叹事实的"诗"变成了标明事类的"题"之附庸，这趋势去《游仙窟》一流作品，以记事文为主，以诗副之的形式，已很近了。形式很近，内容又何当远？《游仙窟》正是宫体诗必然的下场。

我还得补充一下宫体诗在它那中途丢掉的一个自新的机会。这专以在昏淫的沉迷中作践文字为务的宫体诗，本是衰老的，贫血的南朝宫廷生活的产物，只有北方那些新兴民族的热与力才能拯救它。因此我们不能不庆幸庾信等之入周与被留，因为只有这样，宫体诗只能更稳固的移殖在北方，而得到它所需要的营养。果然被留后的庾信的《乌夜啼》、《春别诗》等篇，比从前在老家作的同类作品，气色强多了。移殖后的第二三代本应不成问题。谁知那些北人骨子里和南人一样，也是脆弱的，禁不起南方那美丽的毒素的引诱，他们马上又屈服了。除薛道衡《昔昔盐》、《人日思归》，隋炀帝《春江花月夜》三两首诗外，他们没有表现过一点抵抗力。炀帝晚年可算热忱的效忠于南方文化了，文艺的唐太宗，出人意料之外，比炀帝还要热忱。于是庾信的北渡完全白费了。宫体诗在唐初，依然是简文帝时那没筋骨，没心肝的宫体诗。不同的只是现在词藻来得更细致，声调更流利，整个的外表显得更乖巧，更酥软罢了。说唐初宫体诗的内容和简文时完全一样，也不对。因为除了搬出那僵尸"横陈"二字外，他们在诗里也并没有讲出什么。这又教人疑心这辈子人已失去了积极犯罪的心情。恐怕只是词藻和声调的试验给他们羁縻着一点作这种诗的兴趣（词藻声调与宫体有着先天与历史的联系）。宫体诗在当时可说是一种不自主的，虚伪的存在。原来从虞世南到上官仪是连堕落的诚意都没有了。此真所谓"萎靡不振"！

但是堕落毕竟到了尽头，转机也来了。

在窒息的阴霾中，四面是细弱的虫吟，虚空而疲倦，忽然一声霹雳，接着的是狂风暴雨！虫吟听不见了，这样便是卢照邻《长安古意》的出现。这首诗在当时的成功不是偶然的。放开了粗豪而圆润的嗓子，他这样开始：

> 长安大道连狭斜，青牛白马七香车，
> 玉辇纵横过主第，金鞭络绎向侯家！
> 龙衔宝盖承朝日，凤吐流苏带晚霞，
> 百丈游丝争绕树，一群娇鸟共啼花。……

这生龙活虎般腾踔的节奏，首先已够教人们如大梦初醒而心花怒放了。然后如云的车骑，载着长安中各色人物，Panorama 式的一幕幕出现，通过"五剧三条"的"弱柳青槐"来"共宿娼家桃李蹊"。诚然这不是一场美丽的热闹。但这颠狂中有战栗，堕落中有灵性。

> 得成比目何辞死，愿作鸳鸯不羡仙。

比起以前那光是病态的无耻：

> 相看气息望君怜，谁能含羞不肯前！

> （简文帝《乌栖曲》）

如今这是什么气魄！对于时人那虚弱的感情，这真有起死回生的力量。最后：

> 节物风光不相待，桑田碧海须臾改，昔时金阶白玉堂，即今唯见青松在！

似有"劝百讽一"之嫌。对了，讽刺，宫体诗中讲讽刺，多么生疏的一个消息！我几乎要问《长安古意》究竟能否算宫体诗。从前我们所知道的宫体诗，自萧氏君臣以下都是作者自身下意识的口供，那些作者只在诗里，这回卢照邻却是在诗里，又在诗外，因此他能让人人以一个清醒的旁观的自我，来给另一自我一声警告。这两种态度相差多远！

> 寂寂寥寥杨子居，年年岁岁一床书，
> 独有南山桂花发，飞来飞去袭人裾。

这篇末四句有点突兀，在诗的结构上既嫌蛇足，而且这样说话，也不免暴露了自己态度的偏狭，因而在本篇里似乎有些反作用之嫌。可是对于人性的清醒方面，这四句究不失为一个保障与安慰。一点点艺术的失败，并不妨碍《长安古意》在思想上的成功。他是宫体诗中一个破天荒的大转变。一手挽住衰老了的颓废，教给他如何回到健全的欲望，一手又指给他欲望的幻灭。这诗中善与恶都是积极的，所以二者似相反而相成。我敢说《长安古意》的恶的方面比善的方面还有用。不要问卢照邻如何成功，只看庾信是如何失败的，欲望本身不是什么坏东西。如果它走入了歧途，只有疏导一法可以挽救，壅塞是无效的。庾信对于宫体诗的态度，是一味的矫正，他仿佛是要以非宫体代宫体。反之，卢照邻只要以更有力的宫体诗救宫体诗，他所争的是有力没有力，不是宫体不宫体。甚至你说他的方法是以毒攻毒也行，反正他是胜利了。有效的方法不就是对的方法吗？

矛盾就是人性，诗人本不必对自己的行为负责。原来《长安古意》的"年年岁岁一床书"，只是一句诗而已，即令作诗时事实如此，大概不久以后，情形就完全变了，骆宾王的《艳情代郭氏答卢照邻》便是铁证。故事是这样的：照邻在蜀中有一个情妇郭氏，正当她有孕时，照邻因事要回洛阳去，临行相约不久回来正式成婚。谁知他一去两年不返，而且在三川有了新人。这时她望他的音信既望不到，孩子也丢了。"悲鸣五里无人问，肠断三声谁为续！"除了骆宾王给寄首诗去替她申一回冤，这悲剧又能有什么更适合的收场呢？一个生成哀艳的传奇故事，可惜骆宾王没赶上蒋防、李公佐的时代。我的意思是：故事最适宜于小说，而作者手头却只有一个诗的形式可供采用。这试验也未尝不可作，然而他偏偏又忘记了《孔雀东南飞》的典型。凭一枝作判词的笔锋（这是他的当行），他只草就了一封韵语的书札而已。然而是试验，就值得钦佩。骆宾王的失败，不比李百药的成功有价值吗？他至少也替

《秦妇吟》垫过路。

这以"一抔之土未干，六尺之孤何托"教历史上第一位英威的女性破胆的文士，天生一副侠骨，专喜欢管闲事，打抱不平，杀人报仇，革命，帮痴心女子打负心汉，都是他干的。《代女道士王灵妃赠道士李荣》里没讲出具体的故事来，但我们猜得到一半，还不是卢、郭公案那一类的纠葛？李荣是个有才名道士（见《旧唐书·儒学·罗道琮传》，卢照邻也有过诗给他）。故事还是发生在蜀中，李荣往长安去了，也是许久不回来，王灵妃急了，又该骆宾王给去信促驾了。不过这回的信却写得比较像首诗。其所以然，倒不在"梅花如雪柳如丝，年去年来不自持，初言别在寒偏在，何悟春来春更思"一类响亮句子，而是那一气到底又缠绵往复的旋律之中，有着欣欣向荣的情绪。《代女道士王灵妃赠道士李荣》的成功，仅次于《长安古意》。

和卢照邻一样，骆宾王的成功，有不少成分是仗着他那篇幅的。上文所举过的二人的作品，都是宫体诗中的云岗造象，而宾王尤其好大成癖（这可以他那以赋为诗的《帝京篇》、《畴昔篇》为证）。从五言四句的《自君之出矣》，扩充到卢、骆二人洋洋洒洒的巨篇，这也是宫体诗的一个剧变。仅仅篇幅大，没有什么，要紧的是背面有厚积的力量撑持着。这力量，前人谓之"气势"，其实就是感情。有真实感情，所以卢、骆的来到，能使人们麻痹了百余年的心灵复活。有感情，所以卢、骆的作品，正如杜甫所预言的，"不废江河万古流。"

从来没有暴风雨能够持久的。果然持久了，我们也吃不消，所以我们要它适可而止。因为，它究竟只是一个手段，打破郁闷烦躁的手段，也只是一个过程，达到雨过天晴的过程。手段的作用是有时效的，过程的时间也不宜太长，所以在宫体诗的园地上，我们很侥幸的碰见了卢、骆，可也很愿意能早点离开他们，——为的是好和刘希夷会面。

> 古来容光人所羡，况复今日遥相见？
> 愿作轻罗著细腰，愿为明镜分娇面。

> （《公子行》）

这不是什么十分华贵的修词，在刘希夷也不算最高的造诣。但在宫体诗里，我们还没听见过这类的痴情话。我们也知道他的来源是《同声诗》和《闲情赋》。但我们要记得，这类越过齐梁，直向汉晋人借贷灵感，在将近百年以来的宫体诗里也很少人干过呢！

与君相向转相亲，与君双栖共一身，愿作贞松千岁古，谁论芳槿一朝新！百年同谢西山日，千秋万古北邙尘。

（《公子行》）

这连同它的前身——杨方《合欢诗》，也不过是常态的、健康的爱情中，极平凡、极自然的思念，谁知道在宫体诗中也成为了不得的稀世的珍宝。回返常态确乎是刘希夷的一个主要特质，孙翌编《正声集》时把刘希夷列在卷首，便已看出这一点来了。看他即便哀艳到如：

自怜妖艳资，妆成独见时，
愁心伴杨柳；春尽乱如丝。

（《春女行》）

携笼长叹息，逶迤恋春色，
看花若有情，倚树疑无力，
薄暮思悠悠，使君南陌头，
相逢不相识，归去梦青楼。

（《采桑》）

也从没有不归于正的时候。感情返到正常状态是宫体诗的又一重大阶段。唯其如此，所以烦躁与紧张都消失了，只剩下一片晶莹的宁静，就在此刻，恋人才变成诗人，憬悟到万象的和谐，与那一水一石一草一木的神秘的不可抵抗的美，而不禁受创似的哀叫出来：

怜杨柳伤心树！可怜桃李断肠花！

（《公子行》）

但正当他们叫着"伤心树"、"断肠花"时，他已从美的暂促性中认识了那玄学家所谓的"永恒"——一个最缥缈，又最实在，令人惊喜又令人震怖的存在，在它面前一切都变渺小了，一切都没有了。自然认识了那无上的智慧，就在那彻悟的一刹那间，恋人也就是变成哲人了：

> 洛阳城东桃李花，飞来飞去落谁家？
> 洛阳女儿好颜色，坐见落花长叹息：——
> 今年花落颜色改，明年花开复谁在！……
> 古人无复洛城东，今人还对落花风，
> 年年岁岁花相似，岁岁年年人不同

（《代白头翁》）

相传刘希夷吟到"今年花落……"二句时，吃一惊，吟到"年年岁岁……"二句，又吃了一惊。后来诗被宋之问看到，硬要让给他，诗人不肯，就生生的被宋之问给用土囊压死了。于是诗谶就算验了。编故事的人的意思，自然是说，刘希夷泄露了天机，论理该遭天谴。这是中国式的文艺批评，隽永而正确，我们在千载之下，不能，也不必改动它半点。不过我们可以用现代语替它诠释一遍，所谓泄露天机者，便是悟到宇宙意识之谓。从蜣螂转丸式的宫体诗一跃而到庄严的宇宙意识，这可太远了，太惊人了！这时的刘希夷实已跨近了张若虚半步，而离绝顶不远了。

如果刘希夷是卢、骆的狂风暴雨后宁静爽朗的黄昏，张若虚便是风雨后更宁静更爽朗的月夜。《春江花月夜》本用不着介绍，但我们还是忍不住要谈谈。就宫体诗发展的观点看，这首诗，尤有大谈的必要。

> 春江潮水连海平，海上明月共潮生，
> 滟滟随波千万里，何处春江五月明！
> 江流宛转绕芳甸，月照花林皆似霰，
> 空里流霜不觉飞，汀上白沙看不见。

在这种诗面前，一切的赞叹是饶舌，几乎是渎亵。它超过了一切的宫体诗有多少路程的距离，读者们自己也知道。我认为用得着一点诠明的倒是下面这几句：

> ……江畔何人初见月？江月何年初照人？
> 人生代代无穷已，江月年年只相似，
> 不知江月待何人，但见长江送流水！

　　更夐绝的宇宙意识！一个更深沉，更寥廓更宁静的境界！在神奇的永恒前面，作者只有错愕，只有憧憬，没有悲伤。从前卢照邻指点出"昔时金阶白玉堂，即今唯见青松在"时，或另一个初唐诗人——寒山子更尖酸的吟着"未必长如此，芙蓉不耐寒"时，那都是站在本体旁边凌视现实。那态度我以为太冷酷，太傲慢，或者如果你愿意，也可以带点狐假虎威的神气。在相反的方向，刘希夷又一味凝视着"以有涯随无涯"的徒劳，而徒劳的为它哀毁着，那又未免太萎靡，太怯懦了。只张若虚这态度不亢不卑，冲融和易才是最纯正的，"有限"与"无限"，"有情"与"无情"——诗人与"永恒"猝然相遇，一见如故，于是谈开了——"江畔何人初见月？江月何年初照人？……江月年年只相似，不知江月待何人？"对每一问题，他得到的仿佛是一个更神秘的更渊默的微笑，他更迷惘了，然而也满足了。于是他又把自己的秘密倾吐给那缄默的对方：

> 白云一片去悠悠，青枫浦上不胜愁。

　　因为他想到她了，那"妆镜台"边的"离人"。他分明听见她的叹喟：

> 此时相望不相闻，愿逐月华流照君！

他说自己很懊悔，这飘荡的生涯究竟到几时为止！

> 昨夜闲潭梦落花，可怜春半不还家，
> ——江水流春去欲尽，江潭落月复西斜！

他在怅惘中，忽然记起飘荡的许不只他一人，对此情景，大概旁人，也只得徒唤奈何罢？

> 斜月沉沉藏海雾，碣石潇湘无限路，
> 不知乘月几人归，落月摇情满江树！

这里一番神秘而又亲切的，如梦境的晤谈，有的是强烈的宇宙意识，被宇宙意识升华过的纯洁的爱情，又由爱情辐射出来的同情心，这是诗中的诗，顶峰上的顶峰。从这边回头一望，连刘希夷都是过程了，不用说卢照邻和他的配角骆宾王，更是过程的过程。至于那一百年间梁陈隋唐四代宫廷所遗下的那分最黑暗的罪孽，有了《春江花月夜》这样一首宫体诗，不也就洗净了吗？向前替宫体诗赎清了百年的罪，因此，向后也就和另一个顶峰陈子昂分工合作，清除了盛唐的路，——张若虚的功绩是无从估计的。

三十年八月二十二日陈家营
原载《当代评论》第十期

诗的格律

一

假定"游戏本能说"能够充分的解释艺术的起源，我们尽可以拿下棋来比作诗；棋不能废除规矩，诗也就不能废除格律（格律在这里是 form 的意思。"格律"两个字最近含着一点坏的意思；但是直译 form 为形体或格式也不妥当。并且我们若是想起 form 和节奏是一种东西，便觉得 form 译作格律是没有什么不妥的了）。假如你拿起棋子来乱摆布一气，完全不依据下棋的规矩进行，看你能不能得到什么趣味？游戏的趣味是要在一种规定的格律之内出奇致胜。作诗的趣味也是一样的。假如诗可以不要格律，做诗岂不比下棋、打球、打麻将还容易些吗？难怪这年头儿的新诗"比雨后的春笋多些"。我知道这些话准有人不愿意听。但是 Bliss Perry 教授的话来得更古板。他说"差不多没有诗人承认他们真正给格律缚束住了。他们乐意戴着脚镣跳舞，并且要戴别个诗人的脚镣"。

这一段话传出来，我又断定许多人会跳起来，喊着"就算它是诗，我不做了行不行？"老实说，我个人的意思以为这种人就不作诗也可以，反正他不打算来戴脚镣，他的诗也就做不到怎样高明的地方。杜工部有一句经验语很值得我们揣摩的，"老去渐于诗律细"。

诗国里的革命家喊道"饭返自然"！其实他们要知道自然界的格律，虽然有些像蛛丝马迹，但是依然可以找得出来。不过自然界的格律不圆满的时候多，所以必须艺术来补充它。这样讲来，绝对的写实主义便是艺术的破产。"自然的终点便是艺术的起点"，王尔德说得很对。自然并不尽是美的。自然中有美的时候，是自然类似艺术的时候。最好拿造型艺术来证明这一点。我们常常称赞美的山水，讲它可以入画。的确中国人认为美的山水，是以像不像中国的山水画做标准的。欧洲文艺复兴以前所认为女性的美，从当时的绘画里可以证明，同现代女性美的观念完全不合；但是现代的观念不同希腊的雕像所表现的女性美相符了。这是因为希腊雕像的出土，促成了文艺复兴，文艺复兴以来，艺术描写美人，都拿希腊的雕像做蓝本，因此便改造了欧洲人的女性美的观念。我在赵瓯北的一首诗里发现了同类的见解。

> 绝似盆池聚碧屏，嵌空石笋满江湾。
> 化工也爱翻新样，反把真山学假山。

这迳直是讲自然在模仿艺术了。自然界当然不是绝对没有美的。自然界里面也可以发现出美来，不过那是偶然的事。偶然在言语里发现一点类似诗的节奏，便说言语就是诗，便要打破诗的音节，要它变得和言语一样——这真是诗的自杀政策了（注意我并不反对用土白作诗，我并且相信土白是我们新诗的领域里，一块非常肥沃的土壤，理由等将来再仔细的讨论。我们现在要注意的只是土白可以"做"诗；这"做"字便说明了土白须要一番锻炼选择的工作然后才能成诗）。诗的所以能激发情感，完全在它的节奏；节奏便是格律。莎士比亚的诗剧里往往遇见情绪紧张到万分的时候，便用韵语来描写。歌德作《浮士德》也曾用同类的手段，在他致席勒的信里并且提到了这一层。韩昌黎"得窄韵则不复傍出，而因难见巧，愈险愈奇……"这样看来，恐怕越有魄力的作家，越是要戴着脚镣跳舞才跳得痛快，跳得好。只有不会跳舞的才怪脚镣碍事，只有不会做诗的才感觉得格律的缚束。对于不会作诗的，格律是表现的障碍物；对于一个作家，格律便成了表现的利器。

又有一种打着浪漫主义的旗帜来向格律下攻击令的人。对于这种人，我只要告诉他们一件事实。如果他们要像现在这样的讲什么浪漫主义，就等于承认他们没有创造文艺的诚意。因为，照他们的成绩看来，他们压根儿就没有注重到文艺的本身，他们的目的只在披露他们自己的原形。顾影自怜的青年们一个个都以为自身的人格是再美没有的，只要把这个赤裸裸地和盘托出，便是艺术的大成功了。你没有听见他们天天唱道"自我的表现"吗？他们确乎只认识了文艺的原料，没有认识那将原料变成文艺所必须的工具。他们用了文字作表现的工具，不过是偶然的事，他们最称心的工作是把所谓"自我"披露出来，是让世界知道"我"也是一个多才多艺，善病工愁的少年；并且在文艺的镜子里照见自己那倜傥的风姿，还带着几滴多情的眼泪，啊！啊！那是多么有趣的事！多么浪漫！不错，他们所谓浪漫主义，正浪漫在这点上，和文艺的派别绝不发生关系。这种人的目的既不在文艺，当然要他们遵从诗的格律来做诗，是绝对办不到的；因为有了格律的范围，他们的诗就根本写不出来了，那岂不失了他们那"风流自赏"的本旨吗？所以严格一点讲起来，这一种伪浪漫派的作品，当它作把戏看可以，当它作西洋镜看也可以，但是万不可当它作诗看。格律不格律，因此就谈不上了。让他们来反对格律，也就没有辩驳的价值了。

上面已经讲了格律就是 form。试问取消了 form，还有没有艺术？上面又讲到格律就是节奏。讲到这一层更可以明了格律的重要；因为世上只有节奏比较简单的散文，决不能有没有节奏的诗。本来诗一向就没有脱离过格律或节奏。这是没有人怀疑过的天经地义。如今却什么天经地义也得有证明才能成立，是不是？但是为什么闹到这种地步呢——人人都相信诗可以废除格律？也许是"安拉基"精神，也许是好时髦的心理，也许是偷懒的心理，也许是藏拙的心理，也许是……那我可不知道了。

<h2 style="text-align:center">二</h2>

前面已经稍稍讲了讲诗为什么不当废除格律。现在可以将格律的原质分析一下了。从表面上看来，格律可从两方面讲：（一）属于视觉方面的；（二）属于听觉方面的。这两类其实又当分开来讲，因为它们是息息相关的。譬如属于视觉方面的格律有节的匀称，有句的均齐。属于听觉方面的有格式，有音尺，有平仄，有韵脚；但是没有格式，也就没有节的匀称，没有音尺，也就没有句的均齐。

关于格式，音尺，平仄，韵脚等问题，本刊上已经有饶孟侃先生《论新诗的音节》的两篇文章讨论得很精细了。不过他所讨论的是从听觉方面着眼的。至于视觉方面的两个问题，他却没有提到。当然视觉方面的问题比较占次要的位置。但是在我们中国的文学里，尤其不当忽略视觉一层，因为我们的文字是象形的，我们中国人鉴赏文艺的时候，至少有一半的印象是要靠眼睛来传达的。原来文学本是占时间又占空间的一种艺术。既然占了空间，却又不能在视觉上引起一种具体的印象——这是欧洲文字的一个缺憾。我们的文字有了引起这种印象的可能，如果我们不去利用它，真是可惜了。所以新诗采用了西文诗分行写的办法，的确是很有关系的一件事。姑无论开端的人是有意的还是无心的，我们都应该感谢他。因为这一来，我们才觉悟了诗的实力不独包括音乐的美 (音节) 绘画的美 (词藻)，并且还有建筑的美 (节的匀称和句的均齐)。这一来，诗的实力上又添了一支生力军，诗的声势更加扩大了。所以如果有人要问新诗的特点是什么，我们应该回答他：增加了一种建筑美的可能性是新诗的特点之一。

近来似乎有不少的人对于节的匀称和句的均齐表示怀疑，以为这是复古的象征。做古人的真倒霉，尤其做中华民国的古人！你想这事怪不怪？做孔子的如今不但"圣人""夫子"的徽号闹掉了，连他自己的名号也都给褫夺了。如今只有人叫他作"老二"；但是耶稣依然是耶稣基督，苏格拉提依然是苏格拉提。你做诗摹仿十四行体是可以的，但是你得十二分的小心，不要把它做得像律诗了。我真不知道律诗为什么这样可恶，这样卑贱！何况用语体文写诗写到同律诗一样，是不是可能的？并且现在把节做到匀称了，句做到均齐了，这就算是律诗吗？

诚然，律诗也是具有建筑美的一种格式；但是同新诗里的建筑美的可能性比起来，可差得多了。律诗永远只有一个格式，但是新诗的格式是层出不穷的。这是律诗与新诗不同的第一点。做律诗无论你的题材是什么？意境是什么？你非得把它挤进这一种规定的格式里去不可，仿佛不拘是男人，女人，大人，小孩，非得穿一种样式的衣服不可。但是新诗的格式是相体裁衣。例如《采莲曲》的格式决不能用来写《昭君出塞》，《铁道行》的格式决不能用来写《最后的坚决》，《三月十八日》的格式决不能用来写《寻找》。在这几首诗里面，谁能指出一首内容与格式，或精神与形体不调和的诗来，我倒愿意听听他的理由。试问这种精神与形体调和的美，在那印板式的律诗里找得出来吗？在那乱杂无章，参差不齐，信手拈来的自由诗里找得出来吗？

来吗？在那乱杂无章，参差不齐，信手拈来的自由诗里找得出来吗？

律诗的格律与内容不发生关系，新诗的格式是根据内容的精神制造成的，这是它们不同的第二点。律诗的格式是别人替我们定的，新诗的格式可以由我们自己的意匠来随时构造。这是它们不同的第三点。有了这三个不同之点，我们应该知道新诗的这种格式是复古还是创新，是进化还是退化。

现在有一种格式：四行成一节，每句的字数都是一样多。这种格式似乎用得很普遍。尤其是那字数整齐的句子，看起来好像刀子切的一般，在看惯了参差不齐的自由诗的人，特别觉得有点希奇。他们觉得把句子切得那样整齐，该是多么麻烦的工作。他们又想到做诗要是那样的麻烦，诗人的灵魂不完全毁坏了吗？灵感毁了，还哪里去找诗呢？不错灵感毁了，诗也毁了。但是字句锻炼得整齐，实在不是一件难事；灵感决不致因为这个就会受了损失。我曾经问过现在常用整齐的句法的几个作者，他们都这样讲；他们都承认若是他们的那一首诗没有做好，只应该归罪于他们还没有把这种格式用熟；这种格式的本身，不负丝毫的责任。我们最好举两个例来对照着看一看，一个例是句法不整齐的；一个是整齐的，看整齐与凌乱的句法和音节的美丑有关系没有——

　　　　我愿透着寂静的朦胧，薄淡的浮纱，
　　　　细听着淅淅的细雨寂寂的在檐上，
　　　　激打遥对着远远吹来的空虚中的嘘叹的声音，
　　　　意识着一片一片的坠下的轻轻的白色的落花。
　　　　说到这儿，门外忽然风响，
　　　　老人的脸上也改了模样；
　　　　孩子们惊望着他的脸色，
　　　　他也惊望着炭火的红光。

到底哪一个的音节好些——是句法整齐的，还是不整齐的？更彻底的讲来，句法整齐不但于音节没有妨碍，而且可以促成音节的调和。这话讲出来，又有人不肯承认了。我们就拿前面的证例分析一遍，看整齐的句法同调和的音节是不是一件事。

> 孩子们 / 惊望着 / 他的 / 脸色
> 他也 / 惊望着 / 炭火的 / 红光

　　这里每行都可以分成四个音尺，每行有两个"三字尺"(三个字构成的音尺之简称，以后仿此)和两个"二字尺"，音尺排列的次序是不规则的，但是每行必须还他两个"三字尺"两个"二字尺"的总数。这样写来，音节一定铿锵，同时字数也就整齐了。所以整齐的字句是调和的音节必然产生出来的现象，绝对的调和音节，字句必定整齐(但是反过来讲，字数整齐了，音节不一定就会调和，那是因为只有字数的整齐，没有顾到音尺的整齐——这种的整齐是死气板脸的硬嵌上去的一个整齐的框子，不是充实的内容产生出来的天然的整齐的轮廓)。

　　这样讲来，字数整齐的关系可大了，因为从这一点表面上的形式，可以证明诗的内在精神——节奏的存在与否。如果读者还以为前面的证例不够，可以用同样的方法分析我的《死水》。这首诗从第一行

> 这是 / 一沟 / 绝望的 / 死水

　　起，以后每一行都是用三个"二字尺"和一个"三字尺"构成的，所以每行的字数也是一样多。结果，我觉得这首诗是我第一次在音节上最满意的试验。因为近来有许多朋友怀疑到《死水》这一类麻将牌式的格式，所以我今天就顺便把它说明一下。我希望读者注意新诗的音节，从前面所分析的看来，确乎已经有了一种具体的方式可寻。这种音节的方式发现以后，我断言新诗不久定要走进一个新的建设的时期了。无论如何，我们应该承认这在新诗的历史里是一个轩然大波。

　　这一个大波的荡动是进步还是退化，不久也就自然有了定论。

原载《北平晨报·副刊》十五年五月十三日

端节的历史教育

　　端午那天孩子们问起粽子的起源，我当时虽乘机大讲了一顿屈原，心里却在暗笑，恐怕是帮同古人撒谎罢。不知道是为了谎的教育价值，还是自己图省事和藏拙，反正谎是撒过了，并且相当成功，因为看来孩子们的好奇心确乎得到了相当的满足。可是，孩子们好奇心的终点，便是自己好奇心的起点。自从那天起，心里常常转着一个念头：如果不相信谎，真又是什么呢？端午真正的起源，究竟有没有法子知道呢？最后我居然得到了线索，就在那谎里。

　　屈原五月五日投汨罗而死，楚人哀之，每至此日，以竹筒贮米投水祭之。汉建武中，长沙欧回白日忽见一人，自称三闾大夫，谓曰："君常见祭，甚善。但常所遗，苦为蛟龙所窃。今若有惠，可以楝树叶塞其上，仍以五彩丝约缚之。此二物，蛟龙所惮也。"回依其言。世人作粽，并带五彩丝及楝叶。皆汨罗之遗风也。(《续齐谐记》)

　　这传说是如何产生的，下文再谈，总之是不可信。倒是"常所遗（粽子）苦为蛟龙所窃"这句话，对于我的疑窦，不失为一个宝贵的消息。端午节最主要的两个节目，无疑是竞渡和吃粽子。这里你就该注意，竞渡用的龙舟，粽子投到水里常为蛟龙所窃，两个主要节目都与龙有关，假如不是偶合的话，恐怕整个端午节中心的意义，就该向龙的故事里去探寻罢。这是第一点。据另一传说，竞渡的风俗起于越王勾践，那也不可靠，不过吴越号称水国，说竞渡本是吴越一带的土风，总该离事实不远。这是第二点。一方面端午的两个主要节目都与龙有关，一方面至少两个节目之一，与吴越的关系特别深，如果我们再能在吴越与龙之间找出联系来，我们的问题不就解决了吗？

吴越与龙究竟有没有联系呢？古代吴越人"断发文身"，是我们熟知的事实。这习俗的意义，据当时一位越国人自己的解释，是"处海垂之际，……而蛟龙又与我争焉，是以剪发文身，烂然成章，以像龙子者，将以避水神也。"（《说苑·奉使篇》记诸发语）所谓"水神"便是蛟龙。原来吴越都曾经自认为蛟龙的儿子（龙子），在那个大前提下，他们想，蛟龙是害人的东西，不错，但决不会残杀自己的"骨肉"。所以万一出了岔子，责任不该由蛟龙负，因为，他们相信，假若人们样子也长得和蛟龙一样，让蛟龙一眼就认识是自己的族类，哪会有岔子出呢？这样盘算的结果，他们便把头发剪短了，浑身刺着花纹，尽量使自己真像一个"龙子"，这一来他们心里便踏实了，觉得安全真有保障。这便是吴越人断发文身的全部理论。这种十足的图腾主义式的心理，我在别处还有更详细的分析与说明。现在应该注意的是，我们在上文所希望的吴越与龙的联系，事实上确乎存在。根据这联系推下去，我想谁都会得到这样一个结论：端午本是吴越民族举行图腾祭的节日，而赛龙舟便是这祭仪中半宗教、半社会性的娱乐节目。至于将粽子投到水中，本意是给蛟龙享受的，那就不用讲了。总之，端午是个龙的节日，它的起源远在屈原以前——不知道多远呢！

据《风俗通》和《荆楚岁时》记，五月五日，古代还有以彩丝系臂，名曰"长命缕"的风俗。我们疑心彩丝系臂便是文身的变相。一则《国策》有"祝发文身错臂，瓯越之民也"的话（《赵策》二）。可见文身术应用的主要部分之一是两臂。二则文身的目的，上文已讲过，是给生命的安全作保障。彩丝系臂，在形式上既与错臂的文身术有类似的效果，而"长命缕"这名称又证明了它也具有保障生命的功能，所以我们说彩丝系臂是古代吴越人文身俗的遗留，也是不会有大错的。于是我又恍然大悟，如今小孩们身上挂着五彩丝线缠的，或彩色绸子扎的，或染色麦草编的，种种光怪陆离的小玩意儿，原来也都是文身的替代品。文身是"以像龙子"的。竞渡与吃粽子，上文已说过，都与龙有关，现在我们又发现彩丝系臂的背景也是龙，这不又给端午是龙的节日添了一条证据么？我看为名副其实，这节日干脆叫"龙子节"得了。

我在上文好像揭穿了一个谎。但在那揭谎的工作中，我并不但没有怀着几分惋惜的心情。我早已提到谎有它的教育价值，其实不等到谎被揭穿之后，我还不觉得谎的美丽。如果明年孩子们再谈起粽子的起源，我想，我的话题还是少不了这个谎，不，我将在讲完了真之后，再告诉他们谎中的真。我将这样说：

"吃粽子这风俗真古得很啊！它的起源恐怕至少在四五千年前，那时人们的文化程度很低。你们课本中有过海南岛黎人的插图吗？他们正是那样，浑身刺绣着花纹，满脸的狞恶像。但在内心里他们实在是很可怜的。那里的人在自然势力威胁之下，常疑心某种生物或无生物有着不可思议的超自然力量，因此他们就认定那东西为他们全族的祖先兼保护神，这便是现代术语所谓'图腾'。凡属于某一图腾族的分子，必在自己身体上和日常用具上，刻画着该图腾的形状，以图强化自己和图腾间的联系，而便于获得图腾的保护。古代吴越民族是以龙为图腾的，为表示他们'龙子'的身份，藉以巩固本身的被保护权，所以有那断发文身的风俗。一年一度，就在今天，他们要举行一次盛大的图腾祭，将各种食物，装在竹筒，或裹在树叶里，一面往水里扔，献给图腾神吃，一面也自己吃。完了，还在急鼓声中（那时许没有锣）划着那刻画成龙形的独木舟，在水上作竞渡的游戏，给图腾神，也给自己取乐。这一切，表面上虽很热闹，骨子里却只是在一副战栗的心情下，吁求着生命的保障，所以从冷眼旁观者看来，实在是很悲的。这便是最古端午节的意义。

"一二千年的时间过去了，由于不断的暗中摸索，人们稍稍学会些控制自然的有效方法，自己也渐渐有点自信心，于是对他们的图腾神，态度渐渐由献媚的，拉拢的，变为恫吓的，抗拒的（人究竟是个狡猾的东西！）。最后他居然从幼稚的，草昧的图腾文化挣扎出来了，以至几乎忘掉有过那么回事。好了，他现在立住脚根了，进步相当的快。人们这时赛龙舟，吃粽子，心情虽还有些紧张，但紧张中却带着点胜利的欢乐意味。他们如今是文明人啊！我们所熟悉的春秋时代的吴越，便是在这个文化阶段中。

"但是，莫忙乐观！刚刚对于克服自然有点把握，人又发现了第二个仇敌——他自己。以前人的困难是怎样求生，现在生大概不成问题，问题在怎样生得光荣。光荣感是个良心问题，然而要晓得良心是随罪恶而生的。时代一入战国，人们造下的罪孽想是太多了，屈原的良心担负不起，于是不能生得光荣，便毋宁死，于是屈原便投了汨罗！是呀，仅仅求生的时代早过去了，端午这节日也早失去了意义。从越国到今天，应该是怎样求生得光荣的时代，如果我们还要让这节日存在，就得给它装进一个我们时代所需要的意义。

"但为这意义着想，哪有比屈原的死更适当的象征？是谁首先撒的谎，说端午节起于纪念屈原，我佩服他那无上的智慧！端午，以求生始，以争取生得光荣的死终，这谎中有无限的真！"

准备给孩子们讲的话，不妨到此为止。纵然这番意思，孩子还不大懂，但迟早是应当让他们懂得的，是不是？

复古的空气

近来在思想和文学艺术诸方面，复古的空气颇为活跃，这是值得注意的一个现象。就一般民众讲，文化是有惰性的，而农业社会尤其如此。几千年积下来的习惯和观念，几乎成了第二天性，骤然改动，是不舒服的，其实就这群浑浑噩噩的大众说，他们始终是在"古"中没有动过，他们未曾维新，还谈得到什么复古！我们所谓复古空气，自然是专指知识和领导阶级说的。不过农民既几乎占我们人口百分之八十，少数的知识和领导阶级，不会不受他们的影响，所以谈到少数人的复古空气，首先不能不指出那作为他们的背景的大众。至于少数人之间所以发生这种空气，其原因与动机，可以分作四个类型来讲。

（一）一般的说来，复古倾向是一种心理上的自卫机能。自从与外人接触，在物质生活方面，发现事事不如人，这种发现所给予民族精神生活的担负，实在太重了。少数先天脆弱的心灵确乎给它压瘪了，压死了。多数人在这时，自卫机能便发生了作用。本来文学艺术以及哲学就有逃避现实的趋势，而中国的文学艺术与哲学尤其如此。

中国人现实方面的痛苦，这时正好利用它们来补偿。一想到至少在这些方面我们不弱于人，于是便有了安慰。说坏了，这是"鱼处于陆，相濡以湿，相嘘以沫"的自慰的办法。说好了，人就全靠这点不肯绝望的刚强性，才能够活下去，活着奋斗下去。这是紧急关头的一帖定心剂。虽不彻底，却也有些暂时的效用。代表这种心理的人，虽不太强，也不太弱，唯其自知是弱，所以要设法"自卫",但也没有弱到连"自卫"意志都没有,所以还算相当的强,平情而论,这一类型的复古倾向,是未可厚非的。

(二)另一类型是带有报复意味的自尊心理,凡是与外人直接接触较多,自然也就是饱尝屈辱经验的人,一方面因近代知识较丰富,而能虚心承认自己落后;另一方面,因为往往是社会各部门的领袖,所以有他们应有的骄傲和自尊心,然责任又教他们不能不忍重负辱,那种矛盾心理的压迫是够他们受的。压迫愈大,反抗也愈大。一旦机会来了,久经屈辱的自尊心是知道图报复的;于是紧跟着以抗战换来的民族荣誉和国家地位,便是甚嚣尘上的复古空气。前一类型的心理说我们也有不弱于人的地方,这一类型的简直说我们比他们高。这些人本来是强者,自大是强者的本色,民族荣誉和国家地位也实在来得太突然,教人不能不迷惑。依强者们看来,一种自然的解释,是本来我们就不是不如人,荣誉和地位我们是应得的。诚然——但是那种趾高气扬的神情总嫌有些不够大方罢!

(三)第三个类型的复古,与其说是自尊,无宁说是自卑,不少的外国朋友捧起中国来,直使我们茫然。要晓得西洋的人本性是浪漫好奇的,甚至是怪僻的,不料真有人盲从别人来捧自己,因而也大干起复古的勾当来,实在是这种复古以媚外的心理也并不少见。

(四)如果第三种人是完全没有自己,第四种人便是完全为自己打算的。有的是以复古来掩饰自己不懂近代知识,多半的老先生们属于这一类,虽则其中少年老成的分子也不在少数。有的正相反,又以复古来掩饰自己不大懂线装书的内容,暴发户的"二毛子"属于这一类,虽则只读洋装书的堂堂学者们也有时未能免俗。至于有人专门搬弄些"假古董"在国际市场上吸收外汇,因而为对外推销的广告作用,不得不响应国内的复古运动,那就不好批评了。

复古的心理是分析不完的,大致说来,最显著的不外上述四类型。其中有比较可取的,有居心完全不可问的。纯粹属于某一类的大概很少,通常是几种糅合错综起来的一个复杂体。说复古空气是最近新兴的现象,也不合事实。趋势早已在酝酿,不过最近似乎更表面化了一点。为什么最近才表面化?当然与抗战有关。历史在转向,转向时的心理是不会有平静。转得愈急,波动愈大,所以在这抗战期间,一面近代化的呼声最高,一面复古的空气也最浓厚。

就一般的人说，心理的波动，不足怪，但少数的知识和领导分子，却应该早已认清历史，拿定主义，游移虽不致改变历史，但是会延缓历史的进展，须知我们的时间和精力却不容浪费。

我们的民族和文化所以能存在到今天，自然有其生存的道理在，这道理并不像你所想的，在能保存古的，而是正相反，在能吸收新的。历史告诉我们，中国文化并不是一个单纯的，一成不变的文化（如果是那样的，它就早完了）。最初东西夷夏两民族，分明代表着两个不同的文化。

如果你站在东方，以夷（殷人及东夷）为本位，那便是夷吸收了夏；如果站在西方，以夏（夏周）为本位，那便是夏吸收了夷。但是这两个文化早已融合到一种程度，使得我们分辨不出谁是主，谁是客来。在血缘上，楚与北方夷夏两族的关系，究竟如何，现在还不知道。无论如何，在文化上，直至战国，他们还是被视为外国人的。逐渐的这一支文化也被吸收了，到了汉朝，南北又成了一家，分不出主客来。究竟谁是我们的"古"？严格地讲，殷的后裔孔子若要复古，文武周公就得除外，屈原若要复古，就得否认《三百篇》。从西周到战国，无疑是我们文化史中最光荣的一段，但从没有听说那时的人站在民族的立场上讲复古的，即依你的说法，先秦北方的夷夏和南方的楚，在民族上还是一家，文化也不过是大同小异，不能和今天的情形相比。那么，打汉末开始的一整部佛教史又怎样呢？宋明人要讲复古，会有他们那"儒表佛里"的理学吗？会有他们那《西厢》、《水浒》吗？还有一部清代的朴学史，也不能不承认是耶稣教士带来的西洋科学精神的赐予。以上都是极显而易见的历史事实，文化史上每放一次光，都是受了外来的刺激，而不是因为死抓着自己固有的东西。

不但中国如此，世界上多少文化都曾经因接触而交流，而放出异采。凡是限于天然环境，不能与旁人接触，而自己太傻太笨，不能，因此就不愿学习旁人的民族，没有不归于灭亡的。天然环境的限制，只要有决心，有勇气，还可以用人力来打开（例如我们的法显，玄状，义净诸人的故事），怕的是自己一味固执，不肯虚怀受善。其实哪里是不肯，恐怕还是不能、不会罢！如果是这种情形，那就惨了。我深信我们今天的情形，不属于这一类，然而我仍然有点不放心。佛教思想与老庄本就有些相近，让我们接受佛教思想，比较容易。今天来的西洋思想确乎离我们太远，是不是有人因望而生畏，索性就提倡复古以资抵抗呢？幸而今天喜欢嚷嚷孔学和哼哼歪诗的人，究竟不算太多，而青年人尤其少。

我们强调的声明，民族主义我们是要的，而且深信是我们复兴的根本。但民族主义不该是文化的闭关主义。我甚至相信正因我们要民族主义，才不应该复古。老实说，民族主义是西洋的产物，我们的所谓"古"里，并没有这东西。谈谈孔学，做做歪诗，结果只有把今天这点民族主义的萌芽整个毁掉完事。其实一个民族的"古"是在他们的血液里，像中国这样一个有悠久历史的民族，要取消它的"古"的成分，并不太容易。难的倒是怎样学习新的。因为在上文我们已经提过，文化是有惰性的，而愈老的文化，惰性也愈大。克服惰性是一件难事啊！

有人说，你太傻了，你忘了"儒表佛里"的理学家的道统是从文武周公算起的，而不从释迦牟尼算起，接受西洋科学精神的朴学，仍旧称为汉学，而不称西学。内容无妨接受人家，外表还得是自己的。这是面子问题，而面子也不能不顾。今天的复古，也可以作如是观。我但愿自己太傻，然而我又担心拥护复古的人们和我一样的傻。傻到真正言行一致。

画展

我没有统计过我们这号称抗战大后方的神经中枢之一的昆明，平均一个月有几次画展，反正最近一个星期里就有两次。重庆更不用说，恐怕每日都在画展中，据前不久从那里来的一个官说，那边画展热烈的情形，真令人咋舌。（不用讲，无论那处，只要是画展，必是国画。）这现象其实由来已久，在我们的记忆中，抗战与风雅似乎始终是不可分离的，而抗战愈久，雅兴愈高，更是鲜明的事实。

一个深夜，在大西门外的道上，和一位盟国军官狭路当逢，于是攀谈起来了。他问我这战争几时能完，我说"这当然得问你。""好罢！"他爽快的答道，"老实告诉你，战争几时开始，便几时完结。"事后我才明白他的意思是说，只要他们真正开始反攻，日本是不值一击的。一个美国人，他当然有资格夸下这海口。但是我，一个中国人，尤其当着一个美国人面前，谈起战争，怎么能不心虚呢？我当时误会了他的意思，但我是爱说实话的。反正人家不是傻子，咱们的底细，人家心里早已是雪亮的，与其欲盖弥彰，倒不如自己先认了，所以我的答话是"战争几时开始？你们不是早已开始了吗？

没开始的只是我们。"对了，你敢说我们是在打仗吗？就眼前的事例说，一面是被吸完血的××编成"行尸"的行列，前仆后继的倒毙在街心，一面是"琳满目"，"盛况空前"的画展，你能说这不是一面在"奸污"战争，一面在逃避战争吗？

如果是真实而纯洁的战争，就不怕被正视，不，我们还要用钟爱的心情端详它，抚摩它，用骄傲的嗓音讴歌它。唯其战争是因被"奸污"而变成一个腐烂的，臭恶的现实，所以你就不能不闭上眼睛掩着鼻子，赶紧逃过，逃的愈远愈好，逃到"云烟满纸"的林泉丘壑里，逃到"气韵生动"的仕女前……

　　反之，逃得愈远，心境愈有安顿，也愈可以放心大胆让双手去制造血腥的事实。既然"立地成佛"有了保证，屠刀便不妨随时拿起，随时放下，随时放下，随时拿起。原来某一类说不得的事实和画展是互为因果的，血腥与风雅是一而二，二而一罢了。诚然，就个人说，成佛的不一定亲手使过屠刀，可是至少他们也是帮凶和窝户。如果是借刀杀人，让旁人担负使屠刀的劳力和罪名，自己于没了成佛的实惠，其居心便更不可问了。你自命读书明理的风雅阶级，说得轻点，是被利用，重点是你利用别人，反正你是逃不了责任的！

　　艺术无论在抗战或建国的立场下，都是我们应该提倡的，这点道理并不只你风雅人士们才懂得。但艺术也要看那一种，正如思想和文学一样，它也有封建的与现代的，或复古的与前进的（其实也就是非人道的与人道的）之别。你若有良心，有魄力，并且不缺乏那技术，请站出来，学学人家的画家，也去当个随军记者，收拾点电网边和战壕里的"烟云"回来，或就在任何后方，把那"行尸"的行列速写下来，给我们认识认识点现实也好，起码你也该在随便一个题材里多给我们一点现代的感觉，八大山人，四王，吴恽，费晓楼，改七芗，乃至吴昌硕，齐白石那一套，纵然有他们的历史价值，在珂罗板片中也够逼真的了，用得着你们那笨拙的复制吗？在这复古气焰高张的年代，自然正是你们扬眉吐气的时机。但是小心不要做了破坏民族战斗意志的奸细，和危害国家现代化的帮凶！记着我的话，最后裁判的日子必然来到，那时你们的风雅就是你们的罪状！

（原载 1943 年昆明《生活导报》）

家族主义与民族主义

　　周初是我们历史的成年期，我们的文化也就在那时定型了。当时的社会组织是封建的，而封建的基础是家族，因此我们三千年来的文化，便以家族主义为中心，一切制度，祖先崇拜的信仰，和以孝为核心的道德观念等等，都是从这里产生的。与家族主义立于相反地位的一种文化势力，便是民族主义。这是我们历史上比较晚起的东西。在家族主义的支配势力之下，它的发展起初很迟钝，而且是断断续续的，直至最近五十年，因国际形势的刺激，才有显著的持续的进步。然而时代变得太快，目前这点民族意识的醒觉，显然是不够的。我们现在将三千年来家族主义与民族主义两个势力发展的情形，作一粗略的检讨，这对于今后发展民族主义许是应有的认识。

　　上文已经说过，建立封建制度的基础是家族制度。但封建制度的崩溃，也正由于它这基础。一个最强固的家族，是在它发展得不大不小的时候。太小固然不足以成为一个力量，太大则内部散漫，本身力量互相抵消，因此也不能成为一个坚强统一的有机体。封建的重心始终在中层的大夫阶级，理由便在此。重心在大夫，所以侯国与王朝必趋于削弱，以至制度本身完全解体。

　　一方面封建制度下所谓国，既只是一群家的组合体，其重心在家而不在国，一方面国与国间的地理环境，既无十分难以打通的天然墙壁，而人文方面，尤其是文字的统一，处处都是妨碍任何一国发展其个别性的条件，因此在列国之间，类似民族主义的观念便无从产生。春秋时诚然喊过一度"尊王攘夷"

的口号，但是那"夷"毕竟太容易"攘"了（有的还不待攘而自被同化），所以也没有逼出我们的民族主义来。我们一直在为一种以家族主义为基础的天下主义努力，那便是所谓"天下一家"的理想。到了秦汉，这理想果然实现了。就以家族主义为基础的精神看来，郡县只是抽掉了侯国的封建——一种阶层更简单，组织更统一，基础更稳固的封建制度，换言之，就是一种更彻底，更合理的家族主义的社会组织。汉人看清了这一点，索性就以治家之道治天下，而提倡孝，尊崇儒术。这办法一直维持了二千余年，没有变过，可见它对于维持内部秩序相当有效。可惜的是一个国家的问题不仅从内部发生，因而家族主义的作用也就有时而穷了。

自汉朝以孝行为选举人才的标准，渐渐造成汉末魏晋以来的门阀之风，于是家族主义更为发达。突然来临的五胡乱华的局面，不但没有刺激我们的民族主义，反而加深了我们的家族主义。因为当时的人是用家族主义来消极的抵抗外患。所以门阀之风到了六朝反而更盛，如果当时侵入的异族讲了民族主义，一意要胡化中国，我们的家族主义未尝不可变质为民族主义。无奈那些胡人只是学华语，改汉姓，一味向慕汉化，人家既不讲民族主义，我们的民族主义自然也讲不起来。一方面我们自己想借家族主义以抵抗异族，一方面异族也用釜底抽薪的手段，附和我们的家族主义，以图应付我们，于是家族主义便愈加发达，而民族意识便也愈加消沉。再加上当时内侵的异族本身，在种族方面万分复杂，更使民族主义无从讲起。结果到了天宝之乱，几乎整个朝廷的文武百官，都为了保全身家性命，投降附逆了。一位"麻鞋见天子，衣袖露两肘"的诗人便算作了不得的忠臣，那时代的忠的观念之缺乏，真叫人齿冷！这大概是历史上民族意识最消沉的一个时期了。

然而唐初已开始设法破坏门阀，而轻明经，重进士的选举制度也在暗中打击拥护家族主义的儒家思想，这些措施虽未能立刻发生影响而消灭门阀观念，但至少中唐以下，十分不尽人情的孝行是不多见了。（韩愈辩讳便是孝的观念在改变中之一例。）这是历史上一个重要的转换点。因为老实说，忠与孝根本是冲突的，若非唐朝先把孝的观念修正了，临到宋朝，无论遇到多大的外患，还是不会表现那么多忠的情绪的。孝让一步，忠才能进一步，忠孝不能两全，家族主义与民族主义不能并立，不管你愿意与否，这是铁的事实。

历史进行了三分之二的年代，到了宋朝，民族主义这才开始发芽，迟是太迟，但仍然是值得庆幸的。此后的发展，虽不是直线的，大体说来，还是在进步着。从宋以下，直到清末科举被废，历代皆以经义取士，这证明了以孝为中心思想的家族主义，依然在维持着它的历史的重要性。但蒙古满清以及最近异族的侵略，却不断的给予了我们民族主义发展的机会，而且每一次民族革命的爆发，都比前一次更为猛烈，意识也更为鲜明。由明太祖而太平天国，而辛亥革命，以至目前的抗战，我们确乎踏上了民族主义的路。但这条路似乎是扇形的，开端时路面很窄，因此和家族主义的路两不相妨，现在路面愈来愈宽，有侵占家族主义的路面之势，以至将来必有那么一天，逼得家族主义非大大让步不可。家庭是永远不能废的，但家族主义不能存在。家族主义不存在，则孝的观念也要大大改变，因此儒家思想的价值也要大大减低了。家族主义本身的好坏，我们不谈，它妨碍民族主义的发展是事实，而我们现在除了民族主义没有第二条路可走（因为这是到大同主义必经之路），所以我们非请它退让不可。

有人或许以为讲民族主义，必需讲民族文化，讲民族文化必须以儒家为皈依。因而便不得不替家族主义辩护，这似乎是没有认清历史的发展。而且中国的好东西至少不仅仅是儒家思想，而儒家思想的好处也不在其维护家族主义的孝的精神。前人提过"移孝作忠"的话，其实真是孝，就无法移作忠，既已移作忠，就不能再是孝了。倒是"忠孝不能两全"真正一语破的了。

（原载 1944 年 3 月 1 日昆明《中央日报》第 2 版"周中专论"栏）

伟大的事实不朽的意义

——给教导团诸君致敬

　　正如日前天空中有一个人一生见不到一次的"白虹贯日"的异象显现，我却在屋子里乱忙，没有看见，我们也常常让伟大的历史从我们身边过去，当时漫不经心，却等事后再去追怀，向往，去悬旗，放假，在纪念会中慷慨陈词，溢洋赞叹。假如我们能将那分热情，就在当时，亲手献给那些活生生的历史英雄，说不定那对于他们更是一个实惠，他们带着那分慰藉与同情，在艰辛困若的搏斗中，说不定会更有勇气，更有力量，能创造出更瑰伟的奇迹来。这次由青年知识分子组成的教导团第一团第一二三营诸君过昆飞印的壮举，无疑是伟大历史中最伟大的一页。它应当是这几日报纸上最大的标题，甚至号外的资料，它应该在举国若狂的欢呼与流泪中，接受更多的热，好叫它自己的成就发出更大的光。然而我们这生活在八股传统里的民族，只会在粉墙上写"好男儿，要当兵"一类的官样文章，等真正的"好男儿"露了面反让他们悄悄的自来自去，连一个招呼也没有。试想这是一个什么国度！没有同情，没有热，辐麻木不仁？还是忘恩负义？不过也许惟其如此，"好男儿"们才更觉可敬，可佩。伟大的永远是孤寂的。让千百年后流着感激的泪，腾起赞美的歌声，但在他们自己的岁月中，悄悄的自来自去，正是他们的风度。

旧式的营伍训练，目的只在教士兵的心理上消除恐惧，鼓起勇气，增加忿怒，盲目的服从长官。这些为旧式的战争，是足够的，但对于使用新式武器的新式的战争，就不适合了。据说机械化的进步产生了一种新的训练方法的需要，一个新式士兵必须知道如何同一小队士兵合作，如何作临机应变的决定，如何用自己的眼光来判断。只是听人指挥，受人驱策，说打就打，说死就死，像诗人邓尼孙在《六百壮士冲锋歌》里所说的一般，在九十年前行，今天在坦克车上，在装配机关枪的摩托车上，士兵也会打，也会死，但也要了解了何而打，为何而死。这种战争的变质，已够说明了为应付现阶段战争，我们兵员的来源应该在那里。仅仅具有奋勇与耐劳等美德的从农民出身的战士，可以担当前几期抗战的任务，那便是消极的使我们少败一点的任务。但目前的工作，是与盟邦合作，运用真正近代的战术来积极的争取胜利，我们知道能担当这样工作的战士，除了上述诸美德外，还需要知识与机警。所以最有资格充当这种战士的，无非是青年知识分子。情势不许我们再弥留在少败一点的局面中，我们得赶紧攫取胜利，时机已经来到，我们非拿出"最后一张牌"不可，为了民族的永生，我们不能再吝惜我们最宝贵的血。果然知识青年认清了时代的使命，站起来了，承受了他们的责任，谈胜利，这才是我们最确切的胜利的保证。然而教导团的意义，还不止此。在建国的工作中。

如同在抗战的工作中一样，他们也享有不朽的光辉。因为我们知道战术的近代化不只在器械，也包括了运用器械的人，而人究竟比器械更重要，所以他们又实在代表了我们国防近代化的开端。以上关于教导团在抗战与建国工作上双重的军事意义，是比较浅而易见的，现在我们还指出另外两种也许更深远的意义。在二千年君主政治之下，国家的土地和与土地不能分离的生产奴隶——人民，都是帝王们的私产。奴隶照例得平时劳力，战时卖命，反正他们是工具，不是"人"。只有那由部分的没落的贵族，和部分的超升的奴隶组成的士大夫阶级，因为潜帝王当管家，任官吏，而特蒙恩宠，他们才享受"人"的权利，既不必十分劳力，也不需要卖命。只是愚到财产的安全民生了问题，管家这才有时不能不在比较没有生命危险的"运筹帷幄"的方式之下，尽其捍卫之责，那便是所谓儒将了。这种工作其实并不是他们的职责，他们只是以"票友"的资格来，参加的。至于那真正需要卖命的士卒的任务，自然更不在他们分内。所谓"好人不当兵"，便等于说"管家不管卖命"。

本来管的是旁人的家，为旁人的事卖自己的命，"好人"当然不干，所以自古只闻有儒将（数目也不太多），不闻有"儒兵"之称。这一切的症结只在国家的主人是帝王，在管家的看来，谁做主人都不是一样？犯得上为新旧主人间的厮杀，卖自己的命吗？但是如果谁自己想当主人，那情形就不同了，那他就不妨把自己的家族变成子弟兵，而自身也得身先士卒，做个卖命的表率。这一来。问题的真相便更明白了，要"好人"当兵，便非允许他做自家的主人不可。在原则上，辛亥革命以后，每一个中华民国的国民，已经取得了主人的资格，但打了七年仗，为什么直到最近，才有真正的"儒兵"出现呢？这可见我们的"好人"一身只以得到主人的名为满足，而不顾主人的实，所以他们既不愿意尽主人的义务，也不大关心于主人的权利。今天成千的青年知识分子，为了一个神圣的呼唤，站起来了，准备以他们那宝贵的"好人"

的血捍卫他们自己的"家"，这是二千年来"好人"阶级第一次决心放弃"管家"的职业，亲身负起主人的责任。我们相信义务与权利之不可分离，有其绝对的必然性，所以我们看出成千的尽义务的身手，也就是讨权利的身手，正如那数目更为广大的在各级学校里尽义务的唇舌，也就是索权利的唇舌一样。

不要忽略知识青年从军的政治意义，这是民主怒潮中最英通的急先锋。

先尽义务，不怕权利不来，人民进步了，政府也必然进步！

到于在君政治下，那不属于管家阶级的不会想，不会讲的人群，在主人眼里原是附属于土地上的一种资产，既是资产，就可爱惜，也可供挥霍，全凭主人的高兴，所以卖命7几乎是这般人不容旁贷的责任。所谓"寓兵于农"，便等于说："劳了力的还要卖命，卖命的也要劳力。"

为什么没听说："寓兵于士"呢？是否"好人"既不屑劳力，更说不上卖命呢？好了，君主政治下是谈不到平等的，所以，我们要民主。但是中华民族抗战了七年，也还一向是某一种出身的人单独担任着"成仁"的工作，这是平等吗？姑无论在那种不平等的状态下，胜利未见真能到手，即令能够，这样的胜利，与其说是光荣，不如说是耻辱。因此我们又得感谢这群青年，耻辱已经由他们开始洗清了，他们已正式加入了伟大的行列，分担着艰难的责任。为了他们的行动，从今天起，中国人再无须有"好人"与"非好人"

的表现，又是知识青年从军所代表的重大的社会意义，这一点也是我们不应忽略的。

知识青年从军运动刚在民轫的期间，它的规模还不够广大，但它的意义是深远的，而且丰富的。如何爱护，并培养这个嫩芽，使它滋生，长大，开出灿烂的花，结成肥硕的果，这是国家，社会，尤其是该团各位长官的责任！

但是可爱的孩子们！你们脚下是草鞋，夜间只有一床军毯，你们脸上是什么？

风尘，还是菜色？还有身上的，是疮疤，还是伤痕？然而我知道，你们还没上过战场！长官们，好生看着你们的孩子吧！他们的父母会心疼的，何况这些又是国家的光荣，民族的命脉呢！

（原载 1944 年 6 月 4 日昆明《正义报》）

可怕的冷静

　　一个从灾荒里长成的民族，挨着一切的苦难，总像挨着天灾一样，以麻木的坚忍承受打击，没有招架，没有愤怒，甚至没有呻吟，像冬眠的蛰虫一般，只在半死状态中静候着第二个春天的来临，——这样便是今天的中国，快挨过了第七个年头的国难，它还准备再挨下去，直到那一天，大概一觉醒来，自然会发现胜利就在眼前。客观上，战争与饥饿本也久已打成一片了，因此，愈是实质的战斗员，愈有挨饿的责任，不像人家最前线的人们吃得最好昨饱，我们这里真正的饿莩恰恰就是真正的兵士。抗战与灾荒既已打成一片，抗战期中的现象，便更酷肖荒年的现象了。照例是灾情愈重，发财的愈多，结果贫穷的更加贫穷，富贵的更加富贵。照例是灾情严重了，呼呈的声音海外比国内更响，于是救济的主要责任落在外人身上，而国内人士，相形之下，便愈能显出他们那"不动心"的沉着而雍容的风度了。现在一切荒年的社会现象在抗战中又重演一次，不过规模更大，严重性更深刻些罢了。但是说来奇怪，分明是痼疾愈深，危机愈大，社会表层偏要装出一副太平影象的面孔。配合着冠冕堂皇的要人谈话和报纸社评的，是一般社会情绪——今天一个画展，明天一个堂会，"顾左右而言地"的副刊和小报一天天充斥起来，内容一天比一天软性化。从抗战开始以来，没有见过今天这样"众人熙熙，如享太牢，如登春台"的景象，这不知道是肺结核患者脸上的红晕呢，还是将死前的回光返照！

　　一部分人为着旁人的剥削，在饥饿中畜生似的沉默着，另一部分人却在舒适中兴高采烈的粉饰着太平，这现象是叫人不能不寒心的，如果他还有一点同情心与正义感的话。然而不知道是为了谁的体面，你还不能声张。最可虑的是不通世故而血气方刚的青年，面对这种事实，又将作何感想？对了怕支摇抗战，但饥饿能抗战吗？粉饰饥饿就是抗战吗？如果抗战是天经地义，不要忘记当年的青年，便是撑持这天经地义最有力的支柱，可见青年盲目而又不盲目，在平时他不免盲目，在非常时期他却永远是不盲目的。原来非常时期所需要的往往不是审慎，而勇气，而在这上面，青年是比任何人都强的。正如当年激起抗战怒潮的是青年，今天将要完成抗战大业的力量，也正是这蕴藏在青年心灵中的烦躁。这不是浮动，而是活力的脉搏。

民族必需生存，抗战必需胜利，在这最高原则之下，任何平时的轨范都是可以暂时搁置的枝节。火烧上了眉毛，就得抢救。这是一个非常时期！

从抗战开始到今天，我们遭遇过两个关键，当初要不要抗战，是第一个关键，今天要不要胜利，是第二个关键，而第一个关键本来早已决定了第二个，因为既打算抗战，当然要胜利。但事实上目前的一切分明是朝着胜利相反的方向发展，所以可怪的，是一部分人虽然看出方向的错误，却还要力持冷静，或从一些烦琐的立场，认为不便声张，不必声张。眼看青年完成抗战，争取胜利的意志必须贯彻，然而没有老年人中年人的智慧予以调节与指导，青年的力量不免浪费。万一还有人固执起来，利用他们的地位与力量，阴止了青年意志的贯彻，那结果便更不堪设想了。时机太危急了，这不是冷静的时候，希望老年人中年人的步调能与青年齐一，早点促成胜利的来临！大众的坚忍的沉默是可原谅的，因为他们是灾荒中生长的，而灾荒养成了他们的麻木，有有着粉饰太平的职责的人们是可原谅的，因为他们也有理由麻木。

可是负有领导青年责任的人们，如果过度的冷静，也是可怕的，不这不宜冷静的时候！

（原载 1944 年 6 月 25 日《云南日报》）

"五四" 断想

旧的悠悠死去，新的悠悠生出，不慌不忙，一个跟一个，——这是演化。

新的已经来到，旧的还不肯去，新的急了，把旧的挤掉，——这是革命。

挤是发展受到阻碍时必然的现象，而新的必然是发展的，能发展的必然是新的，所以青年永远是革命的，革命永远是青年的。

新的日日壮健着（量的增长），旧的日日衰老着（量的减耗），壮健的挤着衰老的，没有挤不掉的。所以革命永远是成功的。

革命成功了，新的变成旧的，又一批新的上来了。旧的停下来拦住去路，说："我是赶过路程来的，我的血汗不能白流，我该下来舒舒服服。"新的说："你的舒服就是我的痛苦，你耽误了我的路程"，又把挤掉，……如此，武戏接二连三的演下去，于是革命似乎永远"尚未成功"。

让曾经新过来的旧的，不要只珍惜自己的过去，多多体念别人的将来，自己腰酸腿前，拖不动了，就赶让。"功成身退"，不正是光荣吗？"后生可畏，焉知来者之不如今也！"这也是古训啊！

其实青年并非永远是革命的，"青年永远是革命"这定理，只在"老年永远是不肯让路的"这前提下才能成立。

革命也不能永远"尚未成功"。几时旧的知趣了，到时就成功身退，不致阻碍了新的发展，革命便成功了。

旧的悠悠退去，新的悠悠上来，一个跟一个，不慌不忙，那天历史走上了演化的常轨，就不再需要变态的革命了。

但目前，我们还要用"挤"来争取"悠悠"，用革命来争取演化。"悠悠"是目的，"挤"是达到目的的手段。

于是又想到变与乱的问题。就是悠悠的演化，乱是挤来挤去的革命。若要不乱挤，就只得悠悠的变。若是该变而不变，那只有挤得你变了。

子大川上，曰："逝者如斯夫，不舍昼夜！"古训也发挥了变的原理。

（原载 1945 年 5 月西南联大《悠悠体育会周年五四纪念特刊》）

谨防汉奸合法化

百年以来，中华民族的历史是一部不断的反帝国主义反封建的斗争史，八年抗战依然是这斗争的继续。由于帝国主义与封建势力永远是互相勾结，狼狈为奸的，所以两种斗争永远得双管齐下。虽则在一定的阶段中，形式上我们不能不在二者之中选出一个来作为主要的斗争的对象，但那并不是说，实质上我胶可以放松其余那一个。而且斗争愈尖锐，他们二者团结得也愈紧，抓住了一个，其余一个就跑不掉，即令你要放走他，也不可能。这恰好就是目前的局势。对外民族抗战阶段中的敌伪，就是对内民主革命阶段中的帝国主义）封（建势力），这是无须说明的，而目前的敌伪，早已在所谓"共荣圈"中，变成了一个浑一的共同全，更是鲜明的事实。现在日寇已经投降，惩治日寇战犯的办法，固然需待同盟国商讨，但惩治汉奸是我们自己的事，然而直到今天，我们还没有听见任何关于处理汉奸的办法。

当初我们那样迫切要求对日抗，一半固然因为敌人欺我太甚，一半也是要逼着那些假中国人和抱着委曲勉强做中国人的中国人，索性都滚到他们主子那边去，让我们战线上黑白分明，便于应战，并且到时候，也好给他们一网打尽。果然抗爆发，一天一开，汉奸集团愈汇愈大，于是一年一年，一个伪组织又一个伪织组，一批伪军又一批伪军。但是那时我们并不着差，我们只高学，因为，正如上面所说，这样在战术上于我们绝对有利的。可是到了今天，八年浴血苦斗所争来的黑白，恐怕又要被搅成八年以前黑白不分的混沌状态了。这种现象是中国人民所不能忍受的。硬把汉奸合法化了，人是掩耳盗铃的笨拙的把戏，事实的真相，每个人民心头是雪亮的。并且按照逻辑的推论，人民也会想到：便汉奸全法化的，自己就是汉奸，而对于一切的汉奸，人民的决心是要一网打尽的。因此，我又深信八年抗战既已使黑白分明，要再混淆它，已经是不可能的。谁要企图这样做，果只是把自己混进"黑名单"里，自取灭亡之道！

（原载 1945 年 9 月 3 日昆明《中央日报胜利日特刊》第 3 版

最后一次的讲演

　　这几天，大家晓得，在昆明出现了历史上最卑劣，最无耻的事情！李先生究竟犯了什么罪？竟遭此毒手，他只不过用笔写写文章，用嘴说说话，而他所写的，所说的，都无非是一个没有失掉良心的中国人的话！大家都有一支笔，有一张嘴，有什么理由拿出来讲啊！有事实拿出来说啊！为什么要打要杀，而且又不敢光明正大的来打来杀，而偷偷摸摸的来暗杀！（鼓掌）这成什么话？（鼓掌）

　　今天，这里有没有特务？站出来，是好汉的站出来！你出来讲！凭什么要杀死李先生？（厉声，热烈的鼓掌）杀死了人，又不敢承认，还要诬蔑人，说什么"桃色案件"。说什么共产党杀共产党，无耻啊！无耻啊！（热烈的鼓掌）这是某集团的无耻，恰是李先生的光荣！李先生在昆明被暗杀，是李先生留给昆明的光荣！也是昆明人的光荣！

　　去年"一二·一"昆明青年学生为了对内战，遭受屠杀，那算是年青一代，献出了他们的血，献出了他们最宝贵的生命！现在李先生为了争取民主和平，而遭受了反动派的暗杀，我们骄傲一点说，这算是像我这样大年纪的一代，我们的老战友，献出了最宝贵的生命。这两桩事发生在昆明，这算是昆明无限的光荣！（热烈的鼓掌）

　　反动派暗杀李先生的消息传出后，大家听了都摇头，我心里想，这些无耻的东西，不知他们是怎么想法？他们的心理是什么状态？他们的心是怎样长的？其实很简单，他们这样疯狂的来制造恐怖，正是他们自己在荒啊！在害怕啊！所以他们制造恐怖，其实是他们自己在恐怖啊！特务们，你们想想，你们还有几天，你们完了快完了！你们以为打伤几个，杀死几个，就可以了事，就可以把人民吓倒了吗？其实方大的人民是打不尽的，杀不完的，要是这样可以的话，世界上早没有人了。你们杀死了一个李公朴，会有千百万个李公朴站起来！你们将失去千百万的人民！你们看着我们人少，没有力量。

告诉你们，我们的力量大的很！多得很！看今天来的这些人，都是我们的人，都是我们的力量！此外还有广大的市民！我们有这个信心：人民的力量是胜利的，真理是永远存在的，历史上没有一个反人民的势力不被人民毁灭的！

希特勒，莫索里尼不都在人民之前倒下了吗？翻开历史看看，胸还站得住几天！你完了，快完了！我们的光明就要出现了。我们看，光明就在我们的眼前，而现在正是黎明之前那个最黑暗的时候。我们有力量打破这个黑暗，争到光明！我们的光明，就是反动派的末日！（热烈鼓掌）

反动派故意挑拨美苏的矛盾，想利用这矛盾来打内战。任你们怎么样挑拨，怎么样离间，美苏不一定打呀！现在四外长会议已经圆满闭幕了。这不是说美苏间已没有矛盾，但是可以让步，可以妥协。事情是曲折的，不是直线的。我们的新闻被封锁着，不知道美苏的开明舆论如何抬头，我们也看不见广大的美国人民的那种新的力量，在日益增长。但是，事实的反映，我们可以看出。

第一，现在司徒雷登出任美驻华大使，司徒雷登是中国人民的朋友，是教育家，他生长在中国，受的美国教育。他住在中国的时间比住在美国的时间长，他就如一个中国的留美生一样，从前在北平时，也常见面，他是一位和蔼可亲的老者，是真正知道中国人民的要求的。这不是说司徒雷登有三头六臂，能替中国人民解决一切，而是说美国人民的舆论抬头，美国才有这转变。

其次，反动派干得太不像样了，在四外长会议上，才不要中国 352 做二十一国和平会议的召集人，这就是做点颜色给你看看，这也说明美国的支持是有限度的，人民的忍耐和国际的忍耐也是有限度的。

李先生的血，不会白流的。李先生赔上了这条性命，我们要换来一个代价。"一二。一"四烈士倒下了，年青的战士们的血，换来了政治协商会议的

召开，现在李先生倒下了，他的血要换取政协会议的重开！（热烈的鼓掌）

我们有这个信心！（鼓掌）

"一二·一"是昆明的光荣，是云南人民的光荣，云南有的光荣的历史，远的护国，这不用说了，近的如"一二。一"，都是属于云南人民的，我们要发扬云南光荣的历史！

反动派挑拨离间，卑鄙无耻，你们看见联大走了，学生放暑假了，便以为我们没有力量了吗？特务们！你们错了！你们看看今天到会的一千多青年，又握起手来了，我们昆明的青年决不会让你们这样横干下去的！

历史赋予昆明的任务是争取民主和平，我们昆明的青年必须完成这任务！

我们不怕死，我们有牺牲的精神，我们随时像李先生一样，前脚跨出大门，后脚就不准备再跨进大门！（长时间热烈的鼓掌）

（原载 1946 年 8 月 2 日《民主周刊》第 3 卷第 19 期